나무소녀

옮긴이 | 홍한별

연세대 영어영문학과와 같은 학교 대학원을 졸업하고 번역가로 활동하고 있다. 옮긴 책으로는 《권력과 테러》《자라지 않는 아이》《위대한 생존》《오카방고의 숲속학교》《우울한 열정》《나는 그림으로 생각한다》《두 살에서 다섯 살까지》《나무소녀》《네모난 못》《피터 이야기》들이 있다.

나무소녀

1판 1쇄 | 2006년 5월 29일   1판 7쇄 | 2008년 4월 17일
2판 1쇄 | 2009년 4월 20일   2판 12쇄 | 2019년 12월 26일

지은이 | 벤 마이켈슨   옮긴이 | 홍한별   펴낸이 | 조재은
편집부 | 김명옥 육수정   영업관리부 | 조희정 정영주

펴낸곳 | (주)양철북출판사   등록 | 2001년 11월 21일 제25100-2002-380호
주소 | 서울시 마포구 양화로8길 17-9   전화 | 02-335-6407   팩스 | 0505-335-6408
전자우편 | tindrum@tindrum.co.kr   ISBN | 978-89-90220-54-7 03840   값 | 9,000원

편집 | 이성숙   디자인 | 달뜸창작실   그림 | 박근

TREE GIRL by Ben Mikaelsen
Copyright © 2004 by Ben Mikaelsen. All rights reserved.
The Korean edition was published in 2006 by Tin Drum Publishing company
with arrangement of HarperCollins Children's Books, a division of HarperCollins
Publishers, New York through KCC(Korea Copyright Center Inc.), Seoul.

이 책의 한국어판 저작권은 (주)한국저작권센터(KCC)를 통해 저작권자와 독점 계약한 도서출판 양철북에 있습니다. 저작권법에 의해 한국 내에서 보호를 받는 저작물이므로 무단 전재와 복제를 금합니다.

잘못된 책은 바꾸어 드립니다.

나무소녀

벤 마이켈슨 지음 | 홍한별 옮김

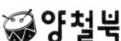

나무소녀 _ 차례

라 알리 레 하웁	...9
행복한 킨세아녜라	...21
호르헤 오빠가 잡혀가다	...35
동굴의 기도	...51
마누엘 선생님의 죽음	...68
불타는 마을	...80
또 하나의 무덤	...88
전쟁 중에 태어난 아기	...99
읍내의 학살	...115
국경을 넘어 멕시코로	...126
산미겔 난민 수용소	...138
미국의 두 얼굴	...151
알리시아의 침묵	...162
수용소 학교	...175
마치치나무 아래에서	...186

하기 힘든 이야기를 용기를 내어 들려준
실제 나무소녀에게 이 책을 바친다.
나무소녀는 과테말라에서 어느 길고 긴 밤, 안전한 장소에서
많은 눈물을 흘리며 이야기를 들려주었다.
이 책은 나무소녀의 실제 경험에서 비롯되었다.

라 알리 레 하웁

 내가 기억하는 한 언제나 나무는 자기 가지 위로 올라오라고 나를 부추겼다. 캄캄한 밤에 불빛이 나방을 끌어들이듯이 말이다. 엄마 말에 따르면, 나는 걸음마를 하기도 전에 엄마 품에서 빠져 나와 우리 초가집 가까이에 있는 커다란 떡갈나무 있는 데로 혼자 기어갔다고 한다. 그러고는 나무 아래에 앉아 나뭇잎들이 나를 손짓해 부르기라도 하는 듯 가지를 올려다봤단다. 자라면서 나는 그 가지를 잡고 올라가 더 높은 곳을 바라봤고 전에 들어본 적이 없는 목소리를 들었다.
 "가브리엘라, 나무에 오르면 하늘에 더 가까이 갈 수 있단다."
 엄마는 내가 매달 조금씩 더 높이 올라갈 때마다 용기를 북돋아 줬다. 나는 엄마의 말을 믿었다. 열 살이 되었을 때 나는 어떤 나무라도 꼭대기까지 올라갈 수 있었다. 가지가 몇 개 없는 나무라도 문제없었다. 나는 나무 아래에서 샌들과 양말을 벗어 던졌다. 그래야 거친 나무껍질을 발가락으로 더듬어 숨어 있는 디딜 곳을 찾을 수 있기 때문이다. 아주 높이높이 오르면, 남자아이들도 무서워 따라오지 못할 만큼 높이 올라가면, 눈을 감고 한 손을 머리 위로 뻗었다. 숨을 멈추고 손가락을 쫙 펴면 구름이 손에 닿는 걸 느낄 수 있었다.

내가 사는 작은 마을에는 판자로 지은 오두막 몇 채 말고는 아무것도 없었다. 경계를 무시하고 돌아다니는 꼬마들과 닭들 때문에 서로 이웃한 집은 한집이나 다름없었다.

"나무에 올라가면 위험해."

우리 마을에 사는 할머니들은 이렇게 나를 나무랐다. 하지만 할머니들은 나를 사랑해서, 내가 다칠까 봐 염려해서 그러는 거였다. 나무는 위험할 수 있다. 나무를 존중하고, 가지를 꼭 붙들지 않으면, 떨어져 다칠 수 있다. 오래 전이지만, 엄마는 내가 나무를 존중한다는 걸 알았다. 엄마는 그저 이렇게 말할 뿐이었다.

"가지를 꼭 붙들듯이 네 꿈도 꼭 붙들어라, 가비."

그때는 너무 어려서 꿈을 잃어버리는 게 얼마나 위험한 일인지 느낄 수가 없었다. 오래 전이지만 내가 열네 살 되던 해 어느 날, 우리 마을 사람들 모두가 나를 '나무소녀(Tree Girl)', 아니 우리들이 쓰는 말, 키체 어(과테말라의 중서 고지대에 사는 마야 인, 키체 족이 사용하는 언어—옮긴이)로 '라 알리 레 하읍'이라고 부르기 시작한 날은 뚜렷이 기억한다. 심지어 못생겼다고 나를 염소라고 부르던 남자아이들도 그날부터는 나를 나무소녀라고 불렀다.

그날도 여느 때와 다름없는 평범한 날이었다.

나는 배배 꼬인 작은 삼나무 아래에 앉아 위필(마야 전통 의상인 여성용 블라우스—옮긴이)을 짜고 있었다. 내 킨세아녜라, 즉 내가 열다섯 살이 되는 날에 입을 특별한 옷이다. 그날은 내가 여자가 되는 날이고, 그날부터는 어른답게 행동해야 한다. 그때부터는 어린아이처럼 양말 같은 건 신지 않는다. 킨세아녜라 날에는 새색시처럼 차려입고 신부님께 축복을 받는다. 엄마는 음식을 잔뜩 만들고, 아빠는 곱게 포장한 선물을 줄 것이다. 온 마을 사람들이 모여 내가 여자가 된 걸 축하해 줄 것이다.

내가 보통 때 입는 낡은 위필에는 빨간색과 검정색 꽃밖에 없지만 킨세아녜라 때 입으려고 짜는 새 위필에는 파란색, 빨간색, 노란색, 초록색 실로 우리 마야 인들의 고대 문양을 짜 넣는다. 엄마는 이 문양들이 무얼 의미하는지 일러 주었다. 동물, 얼굴, 네모, 세모 등은 우리의 믿음, 고대 문명, 우리 조상들의 이야기를 들려주는 상징이다. 우리 민족의 역사가 담겨 있고 내가 어떤 존재인지를 알려 준다. 이 위필을 언젠가는 내가 내 아이들에게 물려주게 될지도 모르겠다.

특별한 위필을 짜기 위해 나는 손베틀을 조그만 삼나무에 묶고 베틀에 연결된 띠를 허리에 대고 뒤로 기댔다. 그래야 알록달록한 실이 팽팽해져 천을 고르게 짤 수 있다.

어느 날, 마을에서 조금 떨어진 숲 속에서 이렇게 혼자 앉아 옷을 짜는데 남자아이 둘이 다가왔다. 모르는 애들이었다. 덩치가 크고 눈빛은 흐리고 비틀비틀 걸었다. 둘이 내 옆에 쭈그리고 앉자 입에서 우리가 '보'라고 부르는 독한 과일주 냄새가 확 풍겼다. 두 아이는 농담을 던지며 수작을 걸었고 내 얼굴을 하도 뚫어져라 쳐다봐서 거북했다.

믿을 수 없는 남자들이 가까이 있을 때 어떤 여자라도 그러겠지만 나도 경계를 했다. 남자아이들은 나를 툭툭 건드리고 내 위필과 몸을 감싸 두르는 치마인 코르테를 잡아당겼다.

"너 정말 예쁘다. 옷은 그만 짜고 뽀뽀 한 번만 해 줘."

한 아이가 말했다. 나는 뽀뽀를 해 주고 싶은 마음이 전혀 없었다. 쟤들은 다른 남자아이들이 염소라고 놀리는 여자애한테 왜 뽀뽀를 하고 싶은 걸까? 나는 고개를 가로젓고 계속 옷을 짰지만, 술 취한 남자애들은 가려고 하질 않았다.

"우리랑 같이 가자. 너무 예뻐. 우리가 공주처럼 떠받들어 줄게."

애들은 예쁜 게 뭔지 분간을 못하나 보다. 둘의 눈빛은 떠돌이개가 훔쳐 먹을 음식을 발견했을 때의 눈빛 같았다. 나는 계속 옷을 짜며 아무 말도 하지 않았다. 그때 한 애가 내 위필자락을 잡고 젖가슴을 틀어쥐었다. 나는 고양이처럼 재빨리 그 애의 팔을 꽉 물고 베틀에 맨 띠에서 빠져 나왔다.

남자아이는 비명을 질렀고 나는 벌떡 일어나 달렸다. 그 아이들이 무서워서 달아난 건 아니었다. 만약 궁지에 몰렸으면 이빨로 물어뜯고 당나귀처럼 발길질을 했을 것이다. 그런데 그것보다 더 좋은 생각이 떠올라 나는 여러 번 타올라 본 아보카도나무 쪽으로 달렸다. 이 나무라면 깜깜한 밤중에도 흘러가는 구름 그림자보다 더 빨리 올라갈 수 있다.

남자아이들도 일어서서 나를 쫓기 시작했다. 화가 단단히 나서 이젠 뽀뽀만으로는 성이 차지 않을 터였다. 나는 잡힐 듯 말 듯 일부러 속도를 늦춰, 아보카도나무에 다다랐을 때는 둘이 바로 몇 걸음 뒤에 있었다. 그렇지만 나는 그 몇 걸음 사이에 얼른 나무에 올라타 남자아이들의 손이 닿지 않는 곳까지 올라갔다. 나무가 가지를 뻗어 내 손을 잡아 주고 내가 얼른 도망치게 해 주었다. 가지들이 차례로 나를 안전하게 들어 올려 다음 가지 위에 올려 주었으므로 나는 점점 더 높이 올라갈 수 있었다.

둘은 욕설을 퍼부으며 내 뒤를 따라 올라왔다.

"우리가 뭐 어쨌다고 도망가는 거야!"

"날 물다니, 못생긴 두꺼비 같으니라고!"

나는 계속 올라갔다. 남자아이들은 화가 나서 으름장을 놓으며 나를 따라 올라왔다. 높이 올라와 바람에 나무가 흔들거리자, 둘은 흠칫 멈추고 아래를 내려다봤고 겁에 질렸는지 목소리에 힘이 빠져 있었다. 겁쟁이들은 이제 더는 기세 좋게 으름장을 놓지 못하고 겁에 질린 원숭이처럼 빽빽거렸다.

"내려와, 못생긴 두껍아. 순순히 안 내려오면 죽을 줄 알아."

한 애가 외쳤다. 이제는 내가 맘껏 웃을 차례다.

"왜 그러니?"

나는 아래쪽을 내려다보며 엄마가 아기를 달래듯 부드러운 말투로 말했다.

"아까는 나보고 예쁘다며? 나무 위에 올라오니까 그렇게 달라

보여? 거기 무슨 문제라도 있니? 겁이 나서 못생긴 두꺼비만큼 못 올라오겠어?"

나를 올려다보는 남자아이들의 성난 얼굴이 고추처럼 빨개졌다. 남자아이들이 따라오도록 부추기려고 나는 내 발을 걔들 코앞에 거의 잡힐 정도로 가까이 대고 흔들어 댔다. 화를 돋워서 더 바보짓을 하도록 만들 작정이었다.

따라 올라오던 남자아이들이 또 머뭇거리자, 나는 손을 뻗어 덜 익은 딱딱한 아보카도 몇 개를 따서 돌팔매질하듯 집어 던져 머리에 맞혔다. 남자아이들은 비명을 지르고 욕을 하며 나를 잡으려고 더 올라왔다. 나는 더 높이 올라갔다. 이렇게 높이 올라온 건 처음이었다. 내가 잡은 나뭇가지는 빗자루 굵기만큼 가늘었다. 세 사람의 무게가 실려 나무가 위태롭게 기울었다.

한 애가 아보카도를 따서 나한테 던졌지만, 나는 나무를 꼭 붙들고 요리조리 몸을 피했다. 내가 몸을 움직이자 지진이라도 난 듯 나무가 휘청휘청 흔들렸다. 아이들은 겁에 질려 아보카도를 떨어뜨리고 두 손으로 나무에 꼭 매달렸고 얼굴은 하얗게 질렸다.

나는 나무가 조그만 열네 살짜리 여자아이와 술 취하고 성난 남자아이 둘을 지탱할 만큼 튼튼해야 할 텐데 하고 속으로 빌었다. 한 아이가 밑으로 기어 내려가기 시작하자 나는 나무를 더 세게 흔들었다. 아이들은 다시 풀로 붙인 듯 나무에 꼭 매달렸다. 겁에 질려 움직일 수 없게 되었으니 이제 내 포로가 된 것이다.

"한 발이라도 움직이면 더 세게 흔들 거야."

이번엔 내가 으름장을 놓았다.

나무 사이로 해가 뉘엿뉘엿 지고 있었다. 해가 질 때까지 마을에 돌아가지 않으면 엄마가 부드러운 목소리로 나를 부르며 숲으로 찾으러 올 것이다.

"가브리엘라, 얼른 집에 가자. 네 엄마들이, 나하고 땅이 널 기다린다. 집으로 와라, 가비."

엄마 목소리가 들리면 나는 원숭이보다 더 빠르게 나무에서 내려온다. 특히 높이 올라가서 내려오는 데 시간이 좀 더 걸리는 날에는, 엄마의 부드러운 목소리가 다시 한 번 노랫가락처럼 나무들 사이로 흐른다.

"얼른 내려와, 가비. 집에 가자, 우리 딸. 꿈꾸는 사람도 잠은 자야 한단다."

남자아이들한테 쫓긴 날은 엄마가 올 때까지 기다릴 필요가 없었다. 아래쪽에서 무슨 소리가 들렸다. 나무 근처 오솔길에 우리 마을 가까이에 사는 돈 기예르모(돈은 에스파냐 어에서 남자의 이름에 붙이는 경칭이다—옮긴이)가 지나가고 있었다. 할아버지는 커다란 곡식 자루를 등에 지고 자루에 달린 끈을 이마로 지탱하느라 몸이 구부정했다.

기예르모 할아버지는 남자아이들이 고함을 지르고 욕을 하는 소리를 들었다. 그래서 짐을 내려놓고 무슨 일인가 살펴보러 다가왔다. 할아버지가 와서 우릴 보면 무슨 일이 있었는지 바로 알 테지만, 그래도 확실하게 하기 위해 할아버지를 불렀다.

"돈 기예르모, 이 남자애들이 내가 혼자 옷을 짜고 있을 때는 예쁘다고 하더니 지금은 아니래요. 아까는 날 잡으려고 쫓아오더니 이제는 안 예쁘다나요. 마을에 돌아가면 우리 엄마 아빠한테 여기로 오라고 말씀 좀 해 주세요. 엄마 아빠한테 이 용감한 애들을 보여 주고 싶어요."

기예르모 할아버지가 얼굴을 찌푸렸다.

"너 혼자 두고 가면 위험할 텐데, 가브리엘라."

할아버지가 외쳤다. 나는 웃으며 큰 소리로 말했다.

"혼자 아닌데요. 애들이 있잖아요. 애들은 나무에서 떨어질지도 모르지만 전 안 떨어져요."

할아버지는 클클 웃더니 자루를 다시 등에 지고, 1킬로미터 정도 떨어진 마을 쪽으로 가던 길을 갔다.

남자아이들은 도망치기 위해 필사적으로 나무에서 내려가려 했다. 그렇지만 아무리 멍청한 아이들이라도 흔들리고 휘어지고 금방이라도 부러질 것 같은 나무에서 쉽사리 손을 놓지는 못한다.

"나무 좀 흔들지 마."

내 가슴을 잡았던 아이가 사정했다.

"내려가게 해 주면 나 문 거 아무한테도 안 이를게."

나는 큰 소리로 웃었다.

"우리 부모님이 오시면 널 물었다고 내가 말씀드릴 건데? 물론 왜 물었는지도 얘기해야지. 가만히만 있으면 안 흔들게. 코딱지만 파도 둘 다 피냐타(축제나 파티에서 사탕 등을 담아 매달아 놓는 항아리로, 눈을 가린 아이들이 막대기로 쳐서 깨뜨린다—옮긴이)처럼 떨어뜨려 버릴 테야."

 남자아이들은 겁에 질린 눈으로 나를 올려다보더니 가타부타 말이 없이 가만히 있었다. 이윽고 부모님이 마을 사람 절반을 끌고 왔다. 소식이 불길보다 빨리 번졌고, 어떤 사람들은 내가 나무에 붙들어 놓은 아이들을 구경하러 밭일을 내팽개치고 따라온 참이었다. 사람들은 저마다 작대기를 하나씩 집어 들고 나무 아래에서 기다렸다.

 "내려가."

 내가 남자아이들에게 명령했다. 둘은 밑에서 기다리는 사람들을 보더니 머뭇거렸다. 내가 단단한 아보카도를 던질 것처럼 높이 쳐들자 둘은 하는 수 없이 나무에서 내려갔다.

 땅 위에서는 호르헤 오빠가 사람들 맨 앞에서 제일 큰 작대기를 들고 기세등등하게 서 있었다. 오빠는 늘 자기가 날 보호해 줘야 한다고 생각한다. 그래서 오빠만 가까이에 있으면 아무도 나를 놀리지 못했다.

 땅에 내려선 남자아이들은 호르헤 오빠와 다른 사람들한테 흠씬 두들겨 맞고 나서 겨우 도망갔다. 이제 그 아이들은 우리 마을에 다시는 오지 않을 것이다. 겁쟁이들은 한 번 망신을 당한 것으로 충분하다.

 "내려와라, 라 알리 레 하윰."

 한 아저씨가 나를 불렀다.

 "이제 안전해."

 나는 사람들이 오기 전에도 안전했다. 그래서 혼자 씩 웃으며 천천히 나무에서 내려왔다. 라 알리 레 하윰, 나무소녀라는 이름이 맘에 들었다. 땅에 내려와 나뭇가지를 다시 올려다보는데 가까운 친구와

헤어질 때처럼 가슴 한 구석이 찌릿했다.

마을로 돌아가는 길에 엄마는 발걸음을 멈추고 빨간 포인세티아 꽃을 한 송이 땄다. 엄마는 꽃을 내 머리에 꽂아 주었다.

"가비, 숙제했니?"

엄마가 물었다.

"네, 오늘 배운 거 다 외웠어요."

내가 대답했다.

우리 집은 형편이 넉넉지 않아 나 혼자만 학교에 다닌다. 우리 부모님은 내 학비를 대기 위해 우리 마을에서 누구보다도 부지런히 일한다. 부모님은 두 분 다 학교 문턱에도 가보지 못했지만 내가 존중해 마지않는 품위와 지혜를 지닌 분들이다.

마을을 향해 걸으며 아빠가 말했다.

"외우기만 해선 안 돼. 마음으로 이해를 해야지. 그래야 배운 것을 다른 식구들한테 설명해 줄 수 있잖니. 배운 걸 단순히 따라 읊기만 할 거라면 차라리 앵무새를 학교에 보내겠다."

"배운 걸 이해하려고 노력해요."

나는 아빠한테 다짐하듯 말했다. 아빠는 다정하게 웃더니 천천히 이렇게 말했다.

"가비, 넌 마야 인이야. 세계는 우리가 이야기를 나누는 지금 이 순간에도 숨 가쁘게 변해 간다. 변화 속에서 살아남는 법을 익히지 않으면 그 안에서 무너져 버릴 거다. 교육을 통해 살아남는 법을 배우는 거야. 널 학교에 보내서 우리 가족도 희망이 생겼다. 앞으로 언젠가는 네가 우리 모두를 가르쳐야 해. 엄마와 아빠한테 그러겠다고 약속하렴."

"약속해요."

나는 이렇게 대답하고, 약간 망설이다가 물었다.

"그런데 호르헤 오빠가 제일 맏인데 왜 저를 보내신 거예요?"

나는 호르헤 오빠가 날 사랑하긴 하지만 자기가 아니라 내가 학교에 가게 된 것에 대해 씁쓸해하고 속상해한다는 것을 알았다.

엄마가 살짝 웃음을 지었다.

"네가 다른 아이들과 다른 생각을 하기 때문이야. 다른 아이들이 땅을 볼 때 넌 하늘을 쳐다보지. 다른 아이들은 보지 못하는 아름다움을 알아차리고, 마을의 어떤 아이들도 물어볼 생각을 않는 것을 묻곤 하지. 노래하고 꿈꾸고 시를 좋아하잖니. 우리가 그런 걸 가르친 적이 없는데도. 넌 재능을 타고났어. 그 재능을 다른 사람하고 나눠야 한다. 네 안에는 선생님이 있어. 아주 어릴 적에도, 넌 뭔가 새로운 걸 배울 때마다 다른 사람한테 그걸 가르치려고 하더구나."

엄마가 잠시 말을 멈추더니 이렇게 덧붙였다.

"그리고 또 넌 용감하기도 하지, 가비."

나는 고개를 끄덕였다. 나는 웬만해서는 겁을 먹지 않는다. 하지만 그게 내가 진짜 용기가 있다는 뜻이라고는 생각하지 않았다. 엄마가 말한 재능이라는 게 뭔지는 알았다. 내 마음속에 있는 어떤 조용한 목소리가 다른 아이들은 들어 보지 못했을 것들을 나에게 일러 주는 것 같았다. 그 목소리가 내가 어떤 사람인지, 내가 어떤 사람이 될지에 대해 궁금해하고 생각하게 했다. 그 목소리 때문에 간절한 소망을 품게 되기도 했다.

우리는 말없이 걸었다. 부모님은 전에도 변화가 다가온다는 이야기를 했었다. 그렇지만 그 변화가 어떤 것인지에 대해서는 설명해 주지 않았다. 하지만 나는 부모님의 염려가 머나먼 지평선에서 떠오르는 엄청난 회오리바람처럼 조금씩 커지는 걸 느낄 수 있었다. 어떤 위험이 다가오는 걸까, 궁금했다.

그동안 우리 마을에서 시간의 흐름을 알게 해 주는 것은 계절이 바뀌고 밤낮이 바뀌는 것밖에 없었다. 우리는 시간이 선물처럼 우리에게 주어진 것임을 알았다. 서두르고 바꿔야 할 이유가 없었다. 우리 조상들이 살던 방식대로 하루하루를 살아갈 뿐, 그 이상은 바라지 않았다. 그리고 준비된 채로 다음 날을 맞았다. 그걸 왜 바꿔야 한다는 걸까?

마을에 들어와 조그만 우리 집에 다다랐을 때 엄마가 나를 돌아보며 물었다.

"그 남자애들 무섭지 않았지?"

나는 고개를 가로저었다.

"겁쟁이들이었어요."

"명심해라, 가비. 겁쟁이라도 총을 들면 아주 위험해진다."

엄마는 걱정이 가득한 목소리로 엄하게 말했다.

"걔들은 총이 없었는걸."

"그래. 하지만 군인이나 반군들은 총이 있어. 가브리엘라, 전쟁이 다가오고 있다."

행복한 킨세아네라

　나도 매일 언덕을 내려가 학교에 갈 때마다 도로를 지나는 군용 트럭의 수가 점점 늘어난다는 걸 느끼긴 했지만, 아직 어린 탓에 전쟁이 일어날지도 모른다는 사실을 두고 특별히 걱정하지는 않았던 것 같다. 군 정찰대는 언덕 비탈을 따라 이동하면서 이따금 우리 마을에 들러 이것저것 묻곤 했다. 군복을 입지 않은 반군도 마찬가지였다.
　양쪽 다 똑같은 소리를 했다.
　"적을 도와주지 마라. 적을 도와주는 사람은 적으로 여기겠다."
　이렇게 경고하고 또 이런 질문을 던졌다.
　"적군이 언제 왔나? 몇 명이나 됐나?"
　"적에게 식량을 나눠 주었나?"
　"적군이 어느 방향으로 갔나? 무기는 어떤 걸 들었나?"
　이런 질문에 대답하기는 쉬웠다. 날마다 우리는 들에 나와 일하고,

일하면서 늘 땅바닥만 보는 것은 아니기 때문이다. 반군이나 군대가 이동하는 걸 봤고, 어느 방향으로 갔는지 어디에서 야영을 했는지도 알았다. 그렇지만 우리는 아무 말도 하지 않았다. 어느 한쪽을 도와주면 다른 한쪽을 적으로 만들게 되기 때문이다.

다른 마을에서는 정보를 제공하고 그 대가로 보상을 받는다는 이야기도 들렸다. 어떤 마을에서는 반군을 몰래 숨겨 주기도 한다고 했다. 무척 위험한 일이었다. 사람들이 한밤중에 온데간데없이 사라져 버린다는 얘기도 들려왔다.

나도 우리 부모님이 본 것과 똑같은 것을 보았지만, 부모님이 두려워하는 변화란 것이 전쟁으로 이어질 것이라고는 생각하지 않았다. 군부대 이동도 늘 있는 일이고 반군은 그저 새로운 정치 세력일 뿐이라고 믿고 싶었다. 우리 나라에는 정치 문제가 늘 있었다. 과테말라의 정당들은 서로 위협하고, 납치하고, 암살하기를 그치지 않았다. 그런다고 전쟁이 일어나지는 않았다.

내 킨세아녜라가 다가오고 있었고, 특별한 날을 망치고 싶지 않았기 때문에 일부러 신경 쓰지 않으려 했는지도 모르겠다. 하루하루 기대감으로 마음이 부풀어 올라, 금방이라도 행복해서 가슴이 터질 것만 같았다. 그래서 나는 부모님의 목소리에 묻어나는 불안감을 무시했다. 어른들의 괜한 걱정일 뿐이야, 하고 생각했다.

마침내 4월이 되었고, 내 생일까지 딱 일주일이 남았다. 아빠는 나를 데리고 우리 마을 집집마다 다니며 이렇게 알렸다.

"다음 주 화요일에 우리 딸, 가브리엘라가 열다섯 살이 됩니다. 특별한 날에 오셔서 가브리엘라의 킨세아녜라를 축하해 주세요."

우리는 그 주 내내 축하 의식 준비로 바빴다. 라파엘 삼촌이 통구이를 할 돼지를 한 마리 주었고, 아빠는 신부님에게 마을에 와달라고 부탁드렸다. 우리 집 쌍둥이, 안토니오와 훌리아는 열한 살인데 둘 다 나름대로 내 킨세아녜라 준비를 거들었다.

훌리아는 나한테 와서 이렇게 말했다.

"내가 마루랑 마당 쓸고, 개들을 매놓고, 알리시아하고 리디아를 볼게. 그러면 언니가 준비할 시간이 날 거야."

착실한 동생, 안토니오는 부탁하면 무슨 일이든 다 했다. 쌍둥이 누이, 훌리아 만큼 안토니오도 착하고 부지런하지만, 소심해서 위험한 일은 하지 않으려 했다. 다른 아이가 소꼬리를 잡는 등의 장난을 치면 손뼉을 치며 웃어 댔지만 안토니오에게 소꼬리를 잡아 보라고 하면 절대로 하지 않았다.

수줍음이 많긴 하지만 안토니오가 나를 자랑스러워한다는 걸 알 수 있었다.

"우리 누이 중에서 킨세아녜라를 하는 건 누나가 처음이지."

몇 번이고 이렇게 말하곤 했다.

또 다른 동생, 레스테르는 열세 살인데 우리 가족 중에서 제일 게으르다. 성질이 급하고 충동적이기도 하다. 레스테르는 종일 이렇게 떠들며 돌아다녔다.

"다들 자기 일을 안 잊어먹고 잘 하도록 내가 챙길게."

하지만 레스테르의 말은 순전히 빈말이다. 일거리가 생길 낌새만 보이면 제일 먼저 사라진다. 축하 의식이 있기 이틀 전, 호르헤 오빠가 라파엘 삼촌이 준 돼지를 잡는데 도와줄 사람이 필요했다. 호르헤 오빠는 레스테르가 개한테 옥수수 껍질을 던지며 노는 걸 보고 이렇게 물었다.

"끓는 물에 돼지를 넣어서 털 벗길 건데 좀 도와줄래?"

레스테르는 갑자기 배를 움켜쥐었다.

"도와주고 싶은데 아까 먹은 게 탈이 났나 봐. 가서 누워야겠어."

아빠는 레스테르가 핑계를 대는 걸 듣고 껄껄 웃었다.

"넌 내 아들이 아닌가 보다. 네 아비는 나무늘보가 틀림없어."

이 말에 우리 모두 웃음을 터뜨렸다. 그러자 레스테르는 부루퉁해졌다.

"내가 도와줄게."

내가 말했다.

"돼지 삶으려면 힘센 사람이 필요해."

내가 그런 말을 싫어한다는 걸 알면서도 오빠는 이렇게 말했다. 오빠가 할 수 있는 일은 나도 다 할 수 있다. 오빠가 하지 못하는 일도 한다. 베도 짜고, 약초를 캘 줄도 알고, 나무도 오빠보다 더 높이 올라갈 수 있다. 오빠가 날 이렇게 무시하고 놀리는 건 사실 엄마 아빠가 오빠가 아닌 나를 학교에 보내서 실망하고 낙담했기 때문이다. 하지만 아빠가 밭에 곡식을 심고 거둘 때는 오빠의 도움이 필요하다. 열여섯 살인 오빠는 송아지만큼 힘이 세다.

나는 오빠가 자길 도와줄 다른 사람을 찾는 동안 가지 않고 옆에서 기다렸다. 아무도 찾지 못하자 오빠는 하는 수 없이 나더러 커다란 물통을 불 위에 얹어 놓은 데로 가자고 했다.

"돼지는 내가 잡을 거야."

오빠가 이렇게 말했다. 그 같은 사실이 오빠를 중요한 사람으로 만들어 주기라도 한다는 듯이.

난 아무래도 좋았다. 나는 오빠를 도와 몸부림치는 돼지를 붙들었지만 오빠가 마체테(중남미에서 쓰는, 날이 넓은 큰 칼로 농사용이나 무기로 쓴다―옮긴이)로 멱을 딸 때는 고개를 돌렸다. 돼지가 죽어 쓰러지자 우리는 끓는 물에 돼지를 담갔다. 그러면 털이 쉽게 벗겨진다. 함께 내장을 꺼내고 고기를 손질하는데 오빠와 나 사이에 어색한 침묵이 흘렀다. 내가 먼저 입을 열었다.

"내년에는 오빠도 같이 학교에 갈 수 있으면 좋을 텐데."

"엄마 아빠가 나는 학교에 안 보낼 거야. 학교에 안 가도 똑똑하니까."

오빠가 말했다.

오빠가 얼마나 학교에 가고 싶어 하는지 알기 때문에 나는 더 아무 말도 하지 않고 입을 다물었다. 호르헤 오빠는 마음씨가 착해서, 내가 무슨 일만 당하면 구해 주러 오곤 했다. 그래서 나는 오빠의 말에 대꾸하지 않고 말없이 미소만 지었다. 아마 내 미소가 비꼬는 말을 던지는 것보다 오빠 마음을 더 불편하게 했을 것이다.

오후 내내 우리는 돼지에 매달려 돼지 속을 다 비워 내고 구울 준비를 했다. 일을 마치고 나자 기적처럼 레스테르의 배앓이도 다 나았다.

킨세아녜라 전날, 제일 밑의 동생들인 리디아와 알리시아가 자꾸 눈앞에서 사라졌다. 어디론가 자꾸 가버려서 다들 일손을 멈추고 동생들을 찾으러 다녀야 했다.
"훌리아, 네가 동생들 보기로 했잖아."
엄마가 꾸지람을 했다. 훌리아는 얌전하게 고개를 끄덕였다.
"네, 엄마. 이제부터는 집에 꼭 붙어 있게 할게요."
훌리아는 동생들을 찾아서 데려오면서 이렇게 말했다.
"언니가 오늘 아침에 들판에서 커다란 개가 돌아다니는 거 봤어. 이빨에 조그만 여자애들이 입는 옷이 걸려 있더라. 그리고 무지 배고픈 것 같았어."
겁에 질린 리디아와 알리시아는 내 옆으로 달려와서 오후 내내 떨어지려 하지 않았다.
그날 밤, 안토니오와 훌리아는 꽃과 옥수수 껍질로 장식을 만들었다. 나는 몸을 깨끗이 씻고 내가 짠 특별한 위필을 입어 보았다. 훌리아는 내 뒤를 졸졸 따라다니다가 내가 잠깐이라도 걸음을 멈추면 내 머리를 땋아 내렸다. 막내 알리시아도 머리땋기를 돕겠다고 나섰다. 하지만 내일 아침이면 의식을 하기 전에 엄마가 직접 내 머리를 땋아 줄 것이다.
그날 저녁은 엄마가 토르티야(옥수숫가루나 밀가루를 발효시키지 않고 얇게 만든 빵—옮긴이)를 새로 만드는 걸 도왔다. 닭 여섯 마리를 잡아 닭고기 수프를 만드는 것도 거들었다.

우리가 요리를 하는 동안 알리시아는 옆에서 계속 알짱거리며 참견을 했다.

"이렇게 하는 거야."

알리시아가 주장하며 자꾸만 우리 일감에 조그맣고 통통한 손을 밀어 넣었다.

"도와줘서 고맙다, 아가."

엄마는 계속 이렇게 말했다.

리디아는 식탁에 얌전히 앉아서 자꾸 질문을 던졌다.

"토르티야 반죽에 물을 안 넣으면 어떻게 돼? 수프를 오래오래 끓이면 어떻게 돼?"

엄마는 참을성 있게 하나하나 대답해 주었다.

"남자애한테도 요리하는 법을 가르칠 수 있어요?"

내가 물었다. 엄마는 다정하게 웃으며 말했다.

"사랑은 치마만 입는 게 아니란다. 재료를 섞는 거나 불을 피우는 건 쉬운 일이지. 그렇지만 사랑을 담아 요리를 해야 좋은 음식이 되는 거야."

엄마가 나에게 준 것이 사랑이었다. 요리하는 법을 참을성 있게 가르쳐 줄 때나 닭을 씻고 토르티야를 만들 옥수수를 갈 때도 마찬가지였다. 이제 여자가 되어 입게 될 화려한 빛깔의 위필을 짜는 법을 가르칠 때도 엄마는 사랑으로 가르쳐 주었다. 매일 하루가 시작되고 끝날 때까지 엄마가 나에게 가르쳐 준 교훈은 사랑이었다.

엄마는 다정함도 가르쳐 주었다.

"다정함은 사랑보다 더 소중하단다. 다정하다는 건 사랑을 나눈다는 뜻이야."

엄마의 말이다. 엄마는 심지어 돼지한테 먹이를 줄 때 다정하게 대하는 법까지도 가르쳐 주었다.

생일 전날 밤, 잡아서 손질한 돼지를 젊은 남자들이 뜨거운 숯불 위에 올려놓고 구웠다. 남자들은 밤새 돼지를 뒤집어 가며 엄청난 분량의 보 술을 마셨다. 술을 벗 삼아 기나긴 밤을 보내는 것이다. 나는 보 술을 '노래 주스'라고 불렀다. 술이 거나하게 취하면 남자들이 잃어버린 옛사랑이나 용감한 모험에 대한 노래를 큰 소리로 불러대기 때문이다. 열여섯 살이 된 호르헤 오빠는 올해는 자기도 돼지굽기를 같이 하겠다고 우겼다.

엄마는 조건을 붙여 승낙했다.

"술 마시다가 걸리면 머리털이 빠질 때까지 머리통을 두들겨 줄 거야."

"안 마실게요."

오빠는 이렇게 다짐했지만 나는 오빠가 아무도 몰래 술을 몇 모금 마시는 걸 봤다. 엄마도 봤을 테지만, 엄마는 돼지 굽는 데 끼어서 술을 약간 마시는 것도 내 킨세아녜라처럼 어른이 되는 것의 일부라는 걸 이해했다.

킨세아녜라 전날 밤 나는 거의 뜬눈으로 밤을 샜다.

"신부님이 안 오시면 어떡해요?"

나는 잠자리에서 일어나자마자 엄마를 성가시게 했다.

"돼지가 다 안 익었으면? 마누엘 키스페 선생님이 우리 집을 못 찾으시면 어쩌죠? 우리 마을에 오신 적이 한 번도 없잖아요."

"아무 일 없을 거야."

엄마가 날 달랬다.

엄마가 말한 대로 정오가 되기 전에 우리 학교의 마누엘 키스페 선생님이 왔다. 잠시 후 신부님도 말을 타고 왔다. 젊은 남자들은 돼지가 거의 다 익었다고 했고, 마을 사람들과 근방에 사는 사람들도 모두 왔다. 마누엘 선생님이 내 킨세아녜라에 와 줘서 너무 기뻤다. 나는 선생님을 꼭 끌어안았다. 킨세아녜라를 맞은 다 큰 여자가 그런 행동을 하면 안 될지도 모르겠지만.

우리 학교 아이들 모두 마누엘 키스페 선생님을 좋아한다. 선생님도 마야 인, 우리 같은 인디오다. 자기들이 인디오보다 우월한 존재라고 생각하는 다른 라티노(에스파냐에서 라틴아메리카로 건너온 백인 혈통의 사람들—옮긴이) 선생님들과는 달랐다. 마누엘 선생님은 덩치가 크다. 순한 말처럼 크고 다정해서, 선생님하고 있으면 우리 친할아버지랑 있을 때보다 더 편했다. 선생님은 새로운 것들에 대한 호기심을 불러일으켰고, 내가 선생님의 가르침뿐 아니라 나 자신의 호기심을 통해서도 많은 것을 배운다고 느끼게 해 주었다.

마누엘 선생님이 골짜기 마을에서부터 두 시간이나 걸어서 와 주었다는 것이, 오늘 날씨가 투명하게 맑은 것만큼이나 고마웠다. 의식은 마을에서 2킬로미터 떨어진 교회 대신 우리 마을 옆의 널따란 공터에서 치를 것이다. 의식이 시작되자 신부님이 에스파냐 어로 설교를 했다. 대부분의 신부님이 그렇듯이 이분도 라티노이고 우리들이 쓰는 마야 말, 키체 어를 모른다. 우리는 나무 밑동에 판자를 걸쳐 의자처럼 만든 것에 죽 걸터앉았다. 밤새 돼지를 구운 젊은이들은 나무 밑에 기대앉아 반쯤 잠이 들었다. 잠을 안 자고 보 술을 너무 많이 마신 탓이다.

아빠는 호르헤 오빠가 자도록 내버려 두지 않았다. 우리 가족이 다 함께 맨 앞줄에 앉아야 한다고 했고, 오빠가 꾸벅꾸벅 졸 때마다 팔꿈치로 옆구리를 세게 찔렀다.

마을 꼬마들은 의식이 진행되는 동안 가만히 앉아 있지 못하고 내내 꼼지락거렸다. 의식이 끝나면 맛있는 음식과 사탕과 피냐타를 터뜨리는 놀이가 있다는 걸 알기 때문이다. 한 남자아이는 옆에 있는 나무 아래에서 여동생이랑 술래잡기를 하려다가 엄마한테 야단을 맞았다.

신부님은 기나긴 설교를 마무리하고 나에게 무릎을 꿇으라고 엄숙하게 말했다. 신부님은 내 머리에 손을 올려놓고 말했다.

"가브리엘라, 이제 너는 여자가 되었다. 이제는 어린아이 같은 생각을 하거나 어린아이처럼 굴어서는 안 된다. 이제는 여자로서 의무를 다해야 한다. 이 마을을 위해서, 네 형제와 자매와 부모를 위해서, 그리고 언젠가는 네 남편과 가족을 위해서 의무를 다해야 한다."

나는 어깨 너머로 좀 큰 남자아이들을 흘깃 넘겨다봤다. 남자아이들도 나를 보며 씩 웃었다. 나의 킨세아녜라 날, 나는 내 마음뿐 아니라 겉모습도 아름답다고 느꼈다. 내가 신부님 앞에 무릎 꿇은 걸 보고 있는 남자아이들 중에서 속으로 언젠가 내 남편이 되고 싶다고 생각하는 아이가 있을지 모르지. 나는 마누엘 키스페 선생님도 슬쩍 돌아봤다. 선생님도 나를 보고 웃어 주었고, 내 뺨이 발갛게 달아올랐다.

신부님의 차례가 끝나자 우리 마을 장로들이 자리에서 일어나 키체 어로 기도를 하고 노래를 하고 촛불을 밝혔고, 향료와 우리가 트레멘티나라고 부르는, 송진이 담긴 통을 흔들었다. 우리의 신앙은 일부는 가톨릭이고 일부는 우리 마야 조상들의 믿음을 그대로 유지하고 있다. 우리가 느끼는 하느님은 가톨릭 교도들이 믿는 하느님보다 더 큰 존재로 생각됐다. 세상 모든 것에서 하느님의 존재를 느끼기 때문이다.

의식이 끝나고 잔치가 시작됐다. 오후 내내 하늘과 노력이 가져다 준 풍성한 음식을 다 같이 나눠 먹었다. 오후 늦게 춤이 시작되기 전에 아빠는 신부님에게 약간의 돈을 드리고 집에 가져갈 수 있게 구운 돼지고기를 싸드렸다. 아빠는 나한테 수탉 눈알만큼 큰 붉은 보석이 달린 귀걸이를 선물로 줬다.

마누엘 선생님도 어두워지기 전에 집에 가야 하기 때문에 춤이 시작되기 전에 일어섰다.

"오늘 네가 정말로 자랑스러웠다."

선생님이 커다란 팔로 나를 안아 주며 말했다.

"선생님이 한 아이를 특히 사랑해서는 안 되겠지만, 굳이 한 아이를 골라야 한다면······."
　여기까지 말하고 선생님은 나한테 윙크를 했다.
　"오늘 밤 재밌게 보내라, 가브리엘라."
　그리고 하늘을 가리켰다.
　"저 구름 위에서 선생님하고도 한 곡 춰주렴."
　"그럴게요."
　뒤돌아가는 선생님을 보며 내가 대답했다. 아빠는 마림바(실로폰처럼 생긴, 나무로 된 타악기—옮긴이)를 연주했고, 온 마을의 여자, 남자, 아이들이 서로 팔을 끼고 노래하고 웃고 원을 그리고 빙빙 돌면서 춤을 췄다. 땅거미가 지고 캄캄한 어둠이 내릴 때까지 쉬지 않고 춤을 췄다. 남자아이들 모두 돌아가며 나와 춤을 췄다. 옛날에 나를 놀리고 염소라고 불렀던 아이들까지 하나도 빠지지 않고. 그날 밤 나는 염소가 아니었다. 아름다운 공주였다.
　어른들이 마실 보 술을 더 가지고 나오고, 모두들 계속 먹고 마시고 춤을 췄다. 부축해 일으켜 드려야 하는 할아버지 할머니들도 원 안으로 들어와 잠깐씩 춤을 췄다. 나는 공터 밖으로 걸어 나가 눈을 감았다. 어둠 속에서 혼자, 잔치판 위에 유령처럼 떠다니는 구름 사이에서 마누엘 선생님과 춤을 췄다. 춤이 끝나고, 나는 선생님이 내 이마에 부드럽게 입을 맞춰 주는 걸 상상했다.
　"가비, 이리 와!"
　남자아이들이 나를 부르고 조그만 유리잔을 건넸다.
　"너도 이제 열다섯 살이 됐으니 술을 마셔도 돼."

머뭇거리다가 술을 한 모금 홀짝 마셨다. 그 이상한 음료를 처음으로 맛본 것이었다. 입안이 화끈거리고 귀가 뜨거워졌다. 나는 얼굴을 붉히며 유리잔을 남자아이들한테 돌려줬다.

"나머지는 너희들 마셔."

나는 빙긋 웃으며 고마움을 표시했다.

나는 또 특별한 날에 함께해 준 것에 대해 장로님들에게 일일이 감사의 말씀을 드렸다.

"우리 마을 아이들 중에서 너는 우리가 제일 예뻐하는 아이야."

세뇨라 알바레스(세뇨라는 에스파냐 어에서 결혼한 여성에게 붙이는 경칭-옮긴이)가 몇 번이고 이렇게 말했다.

"너는 앞으로 큰일을 할 거야."

"다른 애들한테도 다 그렇게 말씀하시죠?"

내가 장난치듯 물었다. 아줌마는 거듭 말했다.

"아냐, 아냐. 넌 꿈이 있잖아."

그날 밤, 나는 내가 가브리엘라 플로레스인 것이 자랑스러웠다. 앞날이 빛나는 태양처럼 밝았다. 나보다 더 좋은 부모님과 가족이 있는 사람이 어디 있을 것이며, 마누엘 키스페 선생님만큼 다정하고 현명한 선생님이 또 어디 있겠는가? 오늘 나는 여자가 되었으므로, 밤늦게까지 계속 춤을 췄고, 보 술도 몇 모금 더 마셨다.

그때 나는 거대한 강의 잔잔한 수면을 바라보는 어린아이처럼 내 앞날을 바라보았다. 강을 건너려는 사람을 엄청난 힘으로 끌고 가버리는 세찬 물살이 잔잔한 수면 아래에 흐른다는 걸 깨닫지 못했다.

그날 밤, 우리 마을에서 잔치를 벌이면서, 나는 삶의 강가에 앉아 물수제비나 뜨고 꽃을 던져 잔잔한 파문이나 만들며 어린애 같은 소망이나 키웠던 것이다. 한참 동안 나는 춤을 추며 신나게 놀았다.

그때 갑자기 아빠가 마림바 연주를 멈췄고, 춤추던 사람들도 모두 명령이라도 떨어진 듯 순간적으로 그 자리에 섰다. 갑작스런 정적에 다들 주위를 둘러봤다. 군복을 입은 군인 여덟 명이 어둠 속에서 유령처럼 나타났다. 우리에게 소총을 겨눈 채였다.

호르헤 오빠가 잡혀가다

 군인들이 등장했을 때는 늦은 밤이었으므로 여자와 아이들은 거의 집으로 돌아가고 없었다. 엄마도 알리시아, 리디아, 홀리아를 재우러 벌써 집에 갔다. 호르헤 오빠 나이 정도밖에 안 되어 보이는 어린 군인들이 금방이라도 총을 쏠 것처럼 허리께에서 소총을 겨누며 우리 쪽으로 다가왔다. 군복을 입고 있어 더 무서워 보였다. 군인들은 우리에게 총을 휘둘렀고 지휘관으로 보이는 사람이 소리쳤다.
 "아돌포 실반이 누구냐?"
 우리는 두리번거렸다. 들어 본 적이 없는 이름이었다. 아빠가 앞으로 나섰다.
 "우린 아돌포 실반이라는 사람을 모릅니다. 그 사람이 누굽니까?"
 "적을 돕는 배신자다. 네놈들 중 아돌포가 누구냐?"
 지휘관이 으르렁거렸다. 호르헤 오빠가 흥분해서 나서며 말했다.

"이 마을에는 아돌포라는 사람이 없어요. 지금 내 동생 킨세아녜라를 하는 중인데 방해하지 마세요."

나는 얼른 옆으로 가서 오빠를 말리려 했다.

"난 괜찮아."

나는 술 때문에 오빠가 너무 대담해진 건 아닌지 걱정되었다.

아빠도 얼른 오빠의 어깨에 손을 올렸다.

"제 아들이 무례하게 굴려는 건 아니고요, 오늘이 제 딸에게 특별한 날이라 그렇습니다. 아들 말이 사실입니다. 이 마을에는 아돌포라는 사람이 없어요. 생각 있으시다면 토르티야와 돼지고기가 남았으니 함께 드시죠."

아빠가 지휘관에게 말했다. 지휘관은 내 쪽으로 돌아서더니 총을 겨누며 말했다.

"네가 이 잔치 주인공인 갈보년이냐?"

호르헤 오빠가 지휘관을 치려고 덤비자, 순식간에 군인들이 오빠를 에워싸고 소총으로 두들겨 눕혔다. 오빠는 쓰러진 채로 자기에게 총을 겨눈 군인들을 올려다봤다. 입가에 피가 흘렀다. 오빠는 두 손을 들었다.

"아무것도 아니었어요. 덤비려고 했던 거 아녜요."

오빠가 더듬거렸다.

"아무것도 아니지 않지. 네놈이 우릴 공격했잖아."

지휘관이 으르렁거리더니 군인들을 돌아보며 말했다.

"끌고 가."

"제발 그러지 마세요. 아들놈이 나쁜 뜻으로 그런 게 아니에요."

아빠가 화가 난 지휘관에게 매달렸다. 지휘관은 허리춤에서 권총을 뽑았다.

"한 마디만 더 하면 네놈도 끌고 갈 테다."

오빠가 어둠 속으로 끌려갈 때 우리는 모두 멍하니 서 있었다. 군복을 입은 군인들이 사라지자 나는 아빠에게 속삭였다.

"오빠는 어떻게 되는 거예요?"

즐겁고 행복했던 순간은 사라지고 난데없는 두려움이 내려앉았다. 아빠는 고개를 가로저었다. 걱정으로 얼굴이 굳어 있었다.

"모르겠다."

"아돌포 실반이 누구예요?"

아빠는 또 고개를 가로저었다.

"몰라. 협동조합을 만들려고 하는 사람들 중 하나인지 모르지."

아빠가 전에 협동조합에 대해 말해 준 적이 있었다. 아빠 같은 평범한 농부들이 연합해서 농작물 가격을 잘 받으려고 하는 것이라고 했다. 지금은 마을 인디오들이 서너 시간 거리에 있는 시장까지 농작물을 직접 가지고 가서 팔아야 한다. 집에서 멀리 떨어진 곳까지 힘들게 왔기 때문에 부유한 라티노들이 부르는 값대로 농작물을 넘기지 않을 수가 없다. 헐값에 농작물을 넘기지 않으려고 하는 농부들은 위협을 당한다.

나는 아빠 옆으로 다가가 물었다.

"오빠를 해치진 않겠죠?"

아빠는 아랫입술을 물었다. 그리고 나를 끌어안았다.

"네 킨세아녜라를 계속 즐기렴. 나는 집에 가서 엄마랑 얘기 좀 해야겠다. 집에 갔다가 다시 올게."

"충분히 즐겼어요. 저도 집에 갈래요."

내 말에 남아 있던 사람들도 고개를 끄덕였다. 흥이 이미 다 깨져 버렸던 것이다.

집으로 돌아가는 길에 동생 레스테르가 아빠 옆으로 다가왔다.

"아빠, 전 반군에 들어갈래요. 반군은 우리 인디오의 권리를 위해 싸우잖아요. 저런 식으로 사람을 잡아가는 군인들은 나빠요."

나는 아빠가 라티노들, 정부, 군인들을 믿지 않는다는 것은 알았지만, 반군에 대해 어떻게 생각하는지는 확실히 몰랐다. 집 앞에서 아빠가 걸음을 멈추자 우리도 멈춰 섰다. 아빠가 레스테르에게 말했다.

"변화는 힘든 거란다. 수십 년 동안 개처럼 취급당하다 보니 인디오들 스스로도 자신들이 에스파냐 혈통의 라티노만큼 존중받거나 희망을 품을 수 있는 존재가 아니라고 생각하게 됐어."

아빠는 한 단어 한 단어를 신중하게 고르며 천천히 말했다.

"존중과 희망이란 건 싸워서 얻을 가치가 있는 거야."

"그래요. 난 이제 열세 살이니까 조금만 있으면 나가서 싸울 수 있어요."

레스테르가 말했다. 아빠는 고개를 가로저었다.

"아무리 나이가 들어도 싸울 준비가 되었다고는 할 수 없어. 반군 지도자들 중 상당수는 과테말라 사람도 아니야. 그런 사람들이 너나

나, 조그만 우리 마을 같은 것에 신경이나 쓰겠니? 반군이나 정부군이나 식량과 정보를 얻기 위해 우릴 이용할 뿐이야. 우릴 위해서 싸우는 사람은 아무도 없어."

"하지만 반군은 변화를 가져오잖아요."

레스테르는 고집을 꺾지 않았다.

"우릴 분열시키는 거지. 양쪽에서 모두 우릴 위협하고, 우린 누굴 믿어야 할지 알 수조차 없다. 머지않아 이웃끼리 서로 싸우게 될 거야. 전쟁이 끝나기 전에 형제끼리 서로 총을 겨누고, 아비와 아들이 서로 싸우는 일이 벌어질 거다."

어둠 속에서 아빠는 천천히 고개를 흔들었다.

그날 밤 엄마와 아빠는 한숨을 쉬어 가며 소리를 죽여 이야기를 나눴다. 이튿날 나는 일부러 일찍 일어나 동이 트는 것을 보러 마을 언저리에 있는 나무로 갔다. 나무에 올라가자 붉은 태양의 빛살이 터져 나오기 시작했다.

나는 아침을 사랑한다. 무슨 일이 있어도 새벽은 꼭 찾아오기 때문이다. 군대와 반군이 아무리 들이닥쳐도 매일 아침 우리 마을이 장난기 넘치는 게으른 동물들처럼 기지개를 켜고 웃으며 잠에서 깨어나는 걸 막을 수는 없을 것 같았다. 푹 자고 일어나서 상쾌한 기분으로, 강아지는 멍멍 짖고 수탉은 꼬끼오 울고 엄마들은 아기에게 노래를 불러 주고 이웃들은 서로 인사하며 새날을 맞이한다.

그러나 호르헤 오빠가 잡혀간 이튿날 아침은 다른 날과 달랐다. 우리 마을은 피로하고 곤두선 상태로 잠에서 깼다. 엄마들은 노래를 부르지 않았고, 이웃은 서로 조심스럽게 시선을 주고받았다. 앞으로 무슨 일이 일어날지 다들 두려워했다.

나는 오빠가 잡혀간 일을 어떻게 생각해야 할지 잘 몰랐다. 군인들이 도대체 뭐 하려고 오빠를 잡아간 걸까? 어쩌면 아빠가 사령부에 찾아가 벌금을 내야 할지도 모르겠다. 걱정할 필요 없을 거야, 하고 스스로를 달랬지만 그래도 마음이 가라앉지 않았다.

그날 식구들은 오빠가 갑자기 없어진 것에 대해 저마다 다른 태도를 보였다. 레스테르는 닭들만 빼놓고 모두를 원망했다. 군인들에게 욕을 하고 반군에 입대하겠다고 큰소리를 쳤다. 엄마와 아빠는 걱정 말라며 태연한 척하려고 애썼다. 나보고는 학교에 계속 나가라고 했다. 훌리아는 울었고, 안토니오는 누군가 나서서 이 사태를 해결해 주기를 기다리는 듯 말없이 주머니에 손을 찌르고 서 있었다.

아직 어린 리디아와 알리시아는 자기들끼리 놀았다. 유칼립투스 열매를 물고 피리처럼 불었고 떡갈나무 아래에서 컵이나 접시처럼 생긴 도토리를 찾았다. 이걸 가지고 아이들은 가끔 장에서 본 부유한 라티노나 관광객 시늉을 하며 놀았다.

나는 막둥이들처럼 놀면서 두려움을 떨쳐 버릴 수는 없었다. 어제 있었던 일이 다 나 때문인 것 같았다. 킨세아녜라 잔치를 벌였기 때문에 군인들이 온 것이다. 게다가 오빠는 나를 보호해 주려고 나섰다가 잡혀갔다.

"저 오늘 학교 빠질래요."

나는 아빠에게 말했다.

"학교에 가거라, 가브리엘라. 네가 공부를 안 한다고 해서 호르헤가 돌아오진 않아. 호르헤는 별일 없을 거다."

나는 마지못해 그러겠다고 했다. 사실 학교를 빠지고 싶진 않았다. 킨세아녜라 두 달 전, 마누엘 선생님은 나에게 조교가 되어 달라고 했다. 내가 학생들 중 나이가 가장 많으니 어린아이들을 가르치는 걸 도와 달라고 했다. 선생님은 그 아이들을 "네 학생들"이라고 불렀다. 몇 주가 지나자 아이들도 나를 선생님이라고 생각하게 됐다. 그래서 내가 빠지면 안 될 것 같은 생각이 들었다.

나는 일부러 빨리 걸었고 학교에 일찍 도착했다. 선생님과 이야기를 하고 싶었다. 어떻게 하면 오빠를 찾을 수 있을지 선생님은 알 것 같았다. 원래 다니던 길로 가면 안 될 것 같아서 탁 트인 들판을 피해 나무에 가려진 오솔길을 따라 갔다. 부지런히 걸었지만 학교까지 가는 데 한 시간도 넘게 걸렸다. 학교는 강가 골짜기에 있다. 마누엘 선생님이 나를 맞아 주었다.

"어젯밤에 잔치를 했는데 어떻게 이렇게 일찍 왔어? 오늘 학교에 빠질지도 모르겠다고 생각했는데."

선생님이 물었다.

"선생님 가신 다음에 군인들이 왔어요."

나는 호르헤 오빠가 어쩌다가 잡혀갔는지 설명했다.

"별일 없겠죠, 네?"

내가 물었다. 선생님은 생각에 잠겨 입을 굳게 다물었다.

"군인이 친절하게 굴기를 기대하는 건 고양이가 멍멍 짖기를 바라는 거나 다름없어. 물론 오빠가 무사히 돌아올 수도 있겠지만, 어쩌면……."

선생님은 말꼬리를 흐렸다.

"오빠 찾는 거 도와주실 수 있어요?"

내가 물었다.

"물론이지. 수업 마치고 군대 주둔지에 가서 찾아보자. 하지만 일단은 학생들을 가르쳐야지."

그날 스무 명의 학생이 출석했다. 집중하려고 애썼지만 오빠 생각이 머리에서 떠나지 않았다. 마침내 수업이 끝나고 선생님과 함께 학교 건물에서 강 하류 쪽으로 3킬로미터 떨어진 작은 주둔지로 갔다.

우리는 군인들에게 예의바르게 오빠의 행방을 물었다.

"우린 모른다. 반군들이 그랬겠지. 정부군은 그런 짓은 절대로 하지 않는다."

나는 군인들이 거짓말을 한다는 걸 알았다. 반군은 군복을 입거나 최신식 소총을 갖고 다니지 않는다. 그렇지만 입을 꼭 다물고 아무 말도 하지 않았다. 다른 주둔지로 가는 길에 선생님이 군인들이 들고 다니는 최신식 소총은 미국에서 준 것이고 지휘관들은 미국에서 군사 훈련을 받는다는 사실을 알려 주었다.

"그럼 미국에서는 군인들이 무슨 짓을 하는지 몰라요?"

내가 물었다. 마누엘 선생님은 걸어가면서 강가에서 돌멩이를 하나 주웠다.

"미국 정부는 장님이 아니야, 가브리엘라."

우리는 그날도, 그 다음 날도, 그 다음다음 날도 호르헤 오빠를 찾지 못했다. 그렇지만 매일 어둑어둑해질 때까지 오빠를 찾아다녔다. 일주일 내내 선생님이 함께 가 주었다. 그렇게 걸어 다니면서 선생님과 많은 얘기를 할 수 있었다. 선생님은 항상 느긋하고 잘 웃고 농담도 잘 하고 장난도 잘 쳤다. 그렇지만 지금 마누엘 선생님은 아주 심각하게 말한다.

"큰 아이들 가르치는 것도 도와줄 수 있겠니?"

선생님이 물었다. 나는 선생님의 말에 기분이 우쭐했지만 한편 무척 놀랐다.

"그럼요. 그런데 왜 제가요?"

"큰 아이들도 어린아이들처럼 널 존경한단다. 그리고 너는 교과 내용을 나만큼 잘 아니까."

선생님 말이 맞는지도 모르겠다. 하지만 선생님이 왜 그런 부탁을 하는지 몰라서 불안했다.

"선생님, 무슨 일 있으세요?"

내가 물었다. 선생님은 입술을 깨물었다.

"나는 선생님이고, 너나 다른 아이들 모두 에스파냐 어를 배웠잖니. 그래서 우리 모두 위험한 상황이라고 할 수 있어."

무슨 말인지 납득이 가지 않았다. 우리 마야 인들은 여러 가지 언어를 사용한다. 마누엘 선생님이 에스파냐 어를 가르쳐 준 것은 다른 지역의 마을들과 언어가 달라 서로 의사 소통을 할 수 없기 때문이다. 마을끼리 물물 교환을 하거나 장사를 하려면 각 마을에 에스파냐 어를 할 줄 아는 사람이 있어야 한다. 에스파냐 어를 배우면 서로 이해할 수 있는 공용어로 쓸 수 있는 것이다.
"가브리엘라, 우리 나라에 전쟁이 시작됐어. 인디오 마을들이 단결해서 적과 싸우기 위해 서로 의사 소통하려면 에스파냐 어를 사용해야 할 거야. 군인들도 그걸 알기 때문에 에스파냐 어를 할 줄 아는 인디오를 죽인단다. 그러니 너나 나도 죽이려고 할 거야. 에스파냐 어를 알기 때문에 아주 위험한 처지가 된 거지."
"정말로 우릴 죽일까요?"
선생님이 손가락을 딱 튕기며 말했다.
"식은 죽 먹기지."
선생님은 그리고 이렇게 다짐을 받았다.
"학교 수업이 끝난 뒤에는 무슨 일이 있어도 에스파냐 어를 쓰지 않도록 조심해야 해. 무슨 말인지 알겠지?"
"네."
내가 고개를 끄덕였다. 마누엘 선생님이 이렇게 심각하게 말하는 건 본 적이 없었다. 선생님은 괴로워하는 것 같았고, 선생님의 말투는 한순간이라도 지체할 수 없다는 듯 다급했다. 선생님은 나를 돌아보더니 내 어깨를 두 손으로 잡았다.
"가브리엘라, 마야 인으로서 네 과거는 하늘에 떠돌아다니는 한 줄기 바람이 아니야. 하늘에는 무수히 많은 바람이 있고, 네 앞날에도 여러 가지 문화가 깃들 거야. 네 믿음과 관습에는 마야 인의 과거와 네 주위의 에스파냐 문화라는 현재가 뒤섞여 있지. 성공하려면 에스파냐 어를 알아야 하고 다른 문화도 이해해야만 해."

나는 고개를 끄덕였다. 선생님이 나에게 에스파냐 어를 가르친 것에 대해 변명하는 것처럼 느껴졌다.

"네, 알았어요. 제가 에스파냐 어를 배운 건 선생님 탓이 아니잖아요. 제 공부의 일부죠."

선생님이 한숨을 쉬었다.

"그런데 그걸 배워서 위험에 처하게 됐구나."

우리는 말없이 강가를 따라 걸었다. 선생님은 아직도 나에게 에스파냐 어를 가르친 것에 대해 죄책감을 느끼는 것 같았다.

"선생님, 에스파냐 어를 배워야만 했잖아요. 선생님은 미래를 준비하는 데 필요한 여러 가지를 가르쳐 주신 거잖아요."

"에스파냐 어를 안다거나, 다른 것들을 배웠다고 해서 미래를 준비했다고는 할 수 없어. 네 미래는 올바른 질문을 찾아내고 용기 내어 그 질문을 던지면서 찾아 나가는 거다. 좋은 질문은 좋은 대답보다 훨씬 중요한 거야. 그렇지만 질문을 하려면 용기가 필요하지. 가브리엘라, 넌 우리가 어떻게 살아가는지는 알겠지. 하지만 왜 사는지도 알겠니?"

마누엘 선생님이 나한테 말하려고 하는 걸 내가 제대로 이해했는지 알 수 없었다. 나는 가끔 선생님의 말을 알아듣지 못해 맥이 풀리곤 한다. 선생님은 또렷하게 직접적으로 말해 주질 않는다. 선생님의 말이 내 주위에서 춤추듯 맴돌고만 있으므로, 뭐라고 대답해야 할까 고민했다.

"너무 걱정이 돼요. 우리가 할 수 있는 일은 없어요?"

나는 강가를 따라 걸으며 물었다. 선생님이 어깨를 으쓱했다.

"어떤 질문은 대답할 수 없는 것도 있어."

선생님은 잠시 말을 멎었다가, 이렇게 덧붙였다.

"하지만 이건 분명하다. 우리 인디오들은, 전에는 아주 예쁜 이름을 썼어. 루, 슈안, 포시, 쳅, 테이, 카노치 등등. 지금은 전혀 다른 이름을 쓰지. 오래 전에 가톨릭 교회가 이 땅에 와서 이름을 바꾸게 만들었어. 교회에서는 우리 조상들이 쓰던 이름을 좋아하지 않았어. 우리 이름이 이교도적이라고, 사악하다고 말했지."

"옛날 이름이 사악하다는 게 정말이에요?"

나는 선생님이 정확하게 대답해 주지 않을 걸 알면서도 이렇게 물었다.

"무엇이든 네가 선택해서 네 날개로 탄 바람이 옳은 거다. 지금 우리의 관습이나 이름 중에는 마야 조상들에게서 물려받지 않은 것도 있어. 여러 줄기의 바람에서 나온 거지. 어떤 바람을 타고 날지는 네가 선택하는 거야. 교회에서 우리 이름을 바꾸게 만든 것이 옳은지 아닌지도 네가 판단해야 한다."

"저는 우리 말, 키체 어로 된 이름이 예쁘다고 생각해요. 누군가가 우리 이름이 좋지 않다고 생각했다면, 그건 사실은 우리가 좋지 않게 보였기 때문이겠죠. 누군가를 존중한다면 그 사람의 종교, 관습, 이름을 바꾸도록 만들 수는 없을 거예요. 군인들이 우릴 존중하지 않는 건 교회에서 그렇게 가르쳤기 때문인가요?"

선생님이 대답하지 않자 나는 울음을 터뜨렸다.

"선생님, 전 오빠가 너무 걱정돼요. 잡혀간 지 벌써 일주일이 됐어요. 정부군이나 반군에 대해 어떻게 생각해야 할지 모르겠어요. 말로는 저마다 우릴 보호해 준다고 하는데, 양쪽 다 너무 무서워요. 마을에 점점 더 자주 나타나요. 정말 우릴 도와주러 온 거라면 그렇게 무섭게 느껴지지 않을 거예요."

마누엘 선생님은 바닥에 무릎을 꿇고 앉아 흐느껴 우는 나를 너른 품으로 한참 동안 안아 주었다.

"이제 집으로 가야 할 것 같다, 가브리엘라. 호르헤는 내일 또 찾아보자."

선생님은 나를 끌어안은 채로 이렇게 속삭였다.

"두려워하고 불안해해도 괜찮아. 두려움과 불안이 변화를 가져온단다."

그날은 선생님의 말도 위안이 되지 않았다. 집에 도착했을 때는 늦은 오후였다. 나는 숲으로 가 나무에 올라가고 싶었다. 그게 이기적인 행동이라는 건 알지만 생각할 시간을 갖고 싶었다. 나는 책을 놓고 일어섰다.

마당을 나서는데 엄마가 나를 불렀다.

"가비, 알리시아도 데리고 가라."

"엄마, 저 혼자 있고 싶어요."

내가 강한 어조로 대꾸했다.

"혼자 있고 싶은 건 아는데, 나도 그래. 아빠는 호르헤를 찾으러

나가서 아직 안 오셨잖아. 너 혼자 계속 빠져 나가서 나무 사이에 숨어 있기만 하면 어떡하니."
 엄마의 말에 화가 났다.
 "나도 오빠 찾으러 다녔어요. 나더러 학교에 가라고 한 사람은 엄마잖아요."
 나는 알리시아의 손을 거칠게 잡아 쥐고 숲 쪽으로 끌고 갔다. 엄마는 숲이 나에게는 신성한 안식처라는 걸 이해하지 못한다. 그저 나뭇잎에 이슬이 어른거리는 거나 텅 빈 하늘에 해가 떠오르는 걸 보러 숲에 가는 게 아니다. 나뭇가지를 타고 기어가는 벌레나 도마뱀, 나무 껍질을 쪼러 내려앉은 딱따구리를 찾으러 다니는 게 전부가 아니다. 나는 나무 사이에서 신뢰를 구한다. 공기처럼 고요히 앉아 있으면, 올빼미나 독수리가 내 몸에 부딪힐 정도로 가깝게 스쳐 간다. 나는 한 번도 손을 뻗어 새를 잡으려고 해본 적이 없다. 그렇게 하면 숲의 신뢰를 저버리는 게 되기 때문이다. 그리고 지금은, 어느 때보다도 더 신뢰하고 신뢰받을 수 있는 곳이 절실했다.
 "너무 세게 끌어당기지 마."
 막내 알리시아가 손을 빼려 하며 말했다. 나는 되레 손을 더 꽉 쥐었다가 놓아주었다.
 "미안해, 알리. 네 잘못이 아닌데. 다들 너무 겁이 나서 그래."
 내가 말했다.
 "언니는 나한테 잘해 줘야 돼."
 알리시아가 큰 소리로 말했다. 나는 나도 모르게 씩 웃었다. 동생들 중 하나를 봐야 한다면, 알리시아랑 함께 있는 게 제일 좋다. 이따금 알리시아는 나처럼 마음속의 목소리를 듣는 것 같다는 생각이 든다. 한번은 앞마당에서 알리시아가 눈을 감고 두 팔을 날개처럼 펴고 있는 걸 봤다. 알리시아는 작은 입에 차분한 웃음을 띠고 빙빙 맴을 돌았다. 알리시아의 조그만 몸이 다른 누구도 듣지 못하는 노래에 사로잡혀 움직이는 것이다.

　나는 알리시아의 손을 가볍게 잡고 숲 속으로 깊이 들어가 가지가 낮고 촘촘한, 조그맣고 정겨운 나무를 찾았다.

　"오늘 낮에 개가 수탉이랑 고양이를 쫓아간 얘기 알아?"

　알리시아가 묻고 나서 덧붙였다.

　"그런데 고양이가 화가 나서, 홱 돌아서 개를 쫓아갔어. 그러니까 수탉도 같이 개를 쫓았어."

　"그래서 넌 어떻게 했어?"

　"나도 걔네들을 쫓아갔는데, 셋이 엉켜서 싸웠어. 그랬더니 소리가 너무 시끄러워서 엄마가 왔어."

　"엄마는 어떻게 했어?"

　"엄마가 화가 났어. 그래서 언니보고 날 보라고 한 거야."

　나는 웃으며 알리시아를 안아 올려 작은 나무의 낮은 가지 위에 앉혔다. 알리시아는 좋아서 몸을 흔들어댔다.

　"언니, 그 얘기 알아……."

　"쉬이이이."

　나는 손가락을 알리시아의 입술에 갖다 댔다.

내가 나뭇가지로 올라가 자기 옆에 앉자 알리시아는 흥에 겨운 듯 또 몸을 꼼지락거렸다.

"왜 말하면 안 돼?"

알리시아가 속삭였다.

"시끄럽게 하면 동물들이 겁을 먹거든."

알리시아는 고개를 끄덕이더니 쿡쿡 웃으며 나무에서 잎을 따서 뿌리기 시작했다. 나는 알리시아에게 신경을 쓰지 않으려고 애썼지만 기운이 넘치는 꼬마는 잠시도 가만히 있질 못했다. 거의 한 시간쯤 조용히 있으려고 애쓴 끝에, 결국 알리시아는 나를 보며 불쑥 이렇게 말했다.

"이제 집에 가야 돼. 엄마 도와줘야 되는데 우린 그냥 가만히 앉아만 있잖아."

나는 마지못해 나무에서 내려와 알리시아를 안아 내렸다. 집에 돌아오자 엄마가 문간에서 나를 맞았다.

"가비, 내일은 학교를 빠져야겠다. 동굴에 가서 아빠가 기도하고 감사를 드릴 거야."

엄마가 말했다.

"뭘 감사하는데?"

나는 엄마의 슬픈 눈을 무시하고 이렇게 툭 쏘아붙였다.

동굴의 기도

 다음 날 아침, 우리 가족이 동굴로 출발할 때 멀리서 총소리가 울렸다. 엄마는 몸이 좋지 않았지만 그래도 가겠다고 했다. 엄마는 며칠 동안 계속 피곤하고 아파 보였다. 길 위에서 한 줄로 걸어가는데 엄마가 자꾸 기침을 했다. 아빠가 앞장을 섰고, 나는 아빠 뒤에 바싹 따라갔다. 나는 동굴까지 가는 구불구불한 길 위에서 아빠가 한 걸음 한 걸음을 조심스레 디디는 걸 봤다.
 아빠는 몸집이 크지는 않지만, 옹이진 오래 된 나뭇가지처럼 육체적으로 정신적으로 건강했다. 뜨거운 햇볕 아래에서 평생 일한 탓에 피부는 거칠고 주름졌다. 삶은 아빠에게 주름살을 주었고, 지혜는 아빠에게 인내를 주었다.
 아빠는 소박하고 정직한 사람이다. 좋은 농부이자 아버지가 되는 것, 그리고 아빠의 부모님이나 조부모님이 살았던 방식대로 사는 것 말고 큰 목표 같은 건 없다. 아빠는 우리의 혈통이나 문화를 소중하게 생각했지만 과거의 인습에 매여 사는 사람은 아니었다. 아빠는 왜 인디오들이 라티노와 다른 취급을 받아야 하느냐고 대담하게 묻기도 했다. 또 내가 학교에서 배운 새로운 개념을 설명해 주면 조용히 듣고 가끔은 웃기도 했다.

어른들이 다 우리 아빠 같은 건 아니다. 내 친구, 카트리나는 아버지한테 이런 질문을 했다가 매를 맞았다.

"왜 저는 남자들과 똑같은 권리가 없고 존중받을 수 없어요?"

이 일 때문에 카트리나는 학교를 그만둬야 했다. 카트리나의 아버지는 화가 나서 이렇게 한 마디로 대답했다.

"넌 여자니까!"

과테말라에서는 이런 신식 사고가 잘 받아들여지지 않지만, 우리 아빠는 딸과 아들을 차별하는 일이 없었다. 그리고 늘 인디오라는 것을 자랑스럽게 여겨야 한다고 가르쳤다. 내가 우리의 믿음과 전통에 의문을 나타내더라도 꾸지람을 하지는 않았다.

오늘, 해마다 씨를 뿌린 다음에 그렇게 하듯이 아빠는 우리를 데리고 동굴로 갔다. 우리는 각각 먹을거리가 담긴 바구니를 들었다. 아빠는 마야 감사 의식에 필요한 물건을 모두 담아 꾸린 봇짐을 등에 졌다.

오늘은 가는 데 거의 두 시간이 걸렸다. 엄마가 워낙 느리게 걸었기 때문이다. 동굴에 도착하자 어린 동생들은 얕은 동굴을 탐험하고 나머지 식구들은 쉬면서 식사도 하고 놀기도 하고 동굴에도 들어가

봤다. 아빠는 봇짐을 펼치고 감사드릴 준비를 했다. 제일 큰 동굴 앞에서 아빠는 색색깔의 양초를 한 다발로 묶은 것에 불을 붙였다. 그렇게 하고 땅 위에 놓으면 하나의 불이 되어 타오른다. 그리고 들통에 작은 송진덩어리를 넣고 불을 붙이고 향을 집어 넣었다.

 아빠는 불타는 양초 앞에서 향이 피어나는 들통을 흔들며 몇 시간이고 감사를 드렸다. 나는 가까이 있는 나무 아래에 조용히 앉아서 우리들이 쓰는 말인 키체 어로 아빠가 읊는 기도에 귀를 기울였다. 졸음이 올 만큼 낮은 목소리로 아빠는 이렇게 읊었다.

 기쁨에 감사드리고
 슬픔에 감사드립니다.
 슬픔은 우리를 단단하게 해 주니까요.
 우리는 늘 복됩니다.
 올해도 건강과 음식으로
 축복을 받았습니다.
 그래서 우리는 감사를 드립니다.
 우리를 돌보아 주시는 분께 영광을 드립니다.
 모든 불에 감사합니다.
 과거에 타올랐던 불에,
 오늘 타오르는 불에,
 내일 타오를 불에.
 조상님께 감사를 드립니다.

우리의 전통을 존중하고 감사합니다.
전통은 우리를 이끌어 주는 안내자입니다.

나는 아빠가 입에 담은 키체 어 단어 몇 개를 소리 없이 입으로 따라 했다. 그것은 머릿속에만 존재하거나 멀고 먼 구름 위에 앉아 있는 누군가에게 드리는 기도가 아니었다. 늘 가까이에 있고 매일 매순간 만지고 접하는 모든 사물에 깃들어 있는 하느님과 정령에게 드리는 기도였다.
감사 기도가 끝나자 아빠는 말없이 향이 담긴 통을 한참 동안 흔들었다. 그리고 다시 하느님께 어떤 신도 들어주지 못할 것을 구하는 기도를 올렸다.

하느님,
평화를 주십시오.
가장 높은 산에,
가장 낮은 산에 호소합니다.
강의 주인이신 분께,
하늘의 주인이신 분께 호소합니다.
우리에게 평화를 주십시오.
세상 모든 화산에 기도드립니다.
우리에게 평화를 내려 주세요.
평생 동안 저는

이 동굴에 와서 감사를 드렸습니다.
그러나 하느님은 어디에나 계시다는 것을 압니다.
코반(과테말라 중부 알타베라파스의 주도—옮긴이)에도,
이사발 호수(과테말라에서 가장 큰, 북동부에 있는 호수—옮긴이)에도,
우리 조상들의 강에도.
저는 항상 감사를 드렸습니다.
비와 태양에 대해,
건강과 가족에 대해.
지나간 옛날에는
돈을 벌게 해달라고 부탁드렸습니다.
그러면 언제나 제 말씀을 들어주셨죠.
하지만 이제 와서 평화를 구하는
절 용서하십시오.
평화가 없다면
다른 어떤 것도 의미가 없습니다.
우리에게 내려진 다른 축복도
사라집니다.
우리에게 평화를 내려 주십시오.

아빠는 말없이 서 있었다. 아빠 눈에서 눈물이 피처럼 뚝뚝 떨어졌다. 아빠는 손바닥을 위로 해서 하늘을 향해 팔을 뻗고, 가쁜 숨을 쉬며 기도를 계속했다.

이 세상을 만드신
하느님과 정령에게,
삶을 주고 또 거두어 가시는
하나뿐인 분께 호소합니다.
제 아내의 병을
낫게 해 주세요.
아내는 약합니다.
또 제 아들 호르헤를 위해
기도드립니다.
호르헤가 돌아올 수 있도록 해 주세요.
젊은 혈기에
어리석은 실수를 저질렀습니다.
작은 실수에
너무 큰 벌을 받지 않도록 해 주십시오.

 아빠 뺨에 눈물이 강처럼 흘렀다. 나도 위필자락으로 눈물방울을 훔치며 함께 울었다.
 마을에 돌아왔을 때는 사방이 깜깜했다. 그렇지만 어둠 속에서도 엄마가 열이 나서 땀을 흘리는 게 보였다.
 "내일 학교 안 가고 집에 있을게요."
 내가 말했다. 엄마는 고개를 가로저었다.
 "가서 세상을 바꿔야지, 가비."

동굴에 갔다 온 다음 주는 무척 힘겨웠다. 마을은 바쁘게 돌아갔다. 전쟁이 나든 안 나든 배를 채우고 목숨을 지탱해야 하기 때문이다. 세상이 어떻게 돌아가든 비와 햇살이 필요했고, 씨를 뿌리고 땔감을 모으고 토르티야를 만들 옥수숫가루를 빻고 가축을 돌봐야 했다. 나는 날마다 학교에 갔고, 오후에는 마누엘 선생님과 함께 더 먼 지방까지 걸어가 호르헤 오빠의 행방을 물었다. 아빠도 오빠를 찾아다녔지만, 하루하루가 지날수록 오빠의 관에 못을 하나씩 더 박아 넣는 것 같았다. 우린 물론 오빠의 죽음을 인정하지 않았지만 최악의 상황을 생각하지 않을 수 없었다.

나는 군대와 반군이 계속 드나드는 것이나, 멀리에서 바람을 타고 날아오는 대포 소리에 신경 쓰지 않으려고 애썼지만, 군인들의 괴롭힘은 나날이 심해졌다.

하늘이 어둑어둑하고 굵은 비가 내리던 12월 어느 날, 스무 명 가까이 되는 군인들이 우리 마을로 행군했다. 마을 사람들 모두 깜짝 놀랐다. 군인들이 마을에 쫙 퍼져 집집마다 소총으로 문을 열고 들어섰다. 우리 집 문을 걷어차고 들어온 군인은 이렇게 말했다.

"이 땅이 네 소유라는 권리증을 제시하라."

아빠는 젊디젊은 군인에게 사정했다.

"그런 증명 같은 것은 없어요. 우리는 우리 조상들처럼 왔다 가는 방문객일 뿐입니다. 짧은 일생 동안 이 땅을 빌려 사용하는 방문객인 거예요. 이 땅은 누구 소유도 아닙니다. 조상님들이 아무런 권리증 없이 물려주었고 또 우리도 아무런 문서 없이 자식들에게 물려줄

땅입니다."

"당신들은 법률을 위반했다. 30일 이내로 이 지역에서 떠나지 않으면 강제로 쫓아낼 것이다."

군인이 위협했다.

"모르시겠어요? 전에 라티노들이 우리 조상들을 비옥한 골짜기에서 쫓아내 여기 산비탈에서 살게 된 겁니다. 이제는 더 갈 곳도 없어요."

"그건 당신들 문제고. 30일이다. 단 하루도 늦으면 안 돼."

라티노 군인이 말했다.

군인들이 떠난 뒤 마을 사람들이 모두 모였다. 사람들은 불안해했고 서로 의견이 엇갈렸다.

"떠나야 해요."

몇몇 사람은 이렇게 말했다.

"어디로요?"

알바레스 아줌마가 물었다.

"숲 한가운데로 가더라도 라티노들이 또 쫓아와서 다른 데로 가라고 할 거요."

"맞아요. 난데없이 라티노들이 우리더러 문서를 내놓으라고 한다고 해서 이 땅이 그들 것이 될 수는 없소. 강제로 우릴 쫓아낼 순 없어요."

한 가족처럼, 마을 사람 모두 떠나지 않고 남기로 결의했다. 우린 총이 없었지만 마체테를 늘 가까이 두기로 했다. 그리고 돌아가면서 마을을 굽어보는 언덕 위에서 망을 보기로 했다. 군인들이 다시 오면 싸울 채비를 하기 위해서다. 그 밖에 달리 어떤 방법이 있겠는가? 이 땅은 라티노들이 다른 나라에서 건너와서 자기네 거라고 주장하기 훨씬 전부터 우리의 보금자리였다.

몇 주 뒤 군인들이 다시 왔다. 망을 보던 사람이 마을 사람들에게 미리 알렸다. 사람들은 싸울 태세를 갖추고 모두 모여 있었다. 총 앞에서는 마체테가 아무 쓸모가 없다는 건 알았지만. 그러나 군인들은 우리에게 나가라고 하는 대신 웃음을 지어 보였다.

"적을 보면 우리에게 알려 주는 조건으로 여기서 계속 살 수 있게 하기로 했소. 명심하시오. 반군이 나타났을 때 알리지 않으면 여기서 쫓겨날 것이오."

군인들이 말했다. 나는 우리를 우리 땅에서 몰아내면 더욱 단결할 것이기 때문에 군인들이 저러는 거라고 생각했다.

"제 아들, 호르헤는 어떻게 됐나요?"

아빠가 군인들에게 애원하듯 물었다.

"우린 당신 아들을 데려가지 않았소. 반군이 그랬겠지. 반군들은 무슨 짓이라도 서슴지 않는 짐승 같은 놈들이오."

군인들은 똑같은 말만 되풀이했다.

그들의 말에 우리는 결심을 더욱 굳혔다. 우리는 협조하지 않을 것이다. 군인들은 우리가 자기들을 두려워하는 걸 알기 때문에, 그 뒤로 몇 주 동안 우리를 염려해 주는 척했다. 마을 아이들과 같이 노는 척하기도 하고, 장로들에게 인사를 하며 반군에 대한 정보를 얻으려고 했다.

"어떻게 지내십니까, 돈 라파엘?"

군인들이 이름을 아는 장로 한 분에게 이렇게 물었다.

"무릎은 좀 어떠십니까? 반군을 찾는 걸 도와주면 우리가 약을 좀 구해다 드리죠."

아이들에게는 구슬과 사탕을 주며 물었다.

"이번 주에 나쁜 반군들을 본 적 있니?"

이런 질문에 우리는 한결같이 고개를 가로저었다. 아이들도 마찬가지였다. 매를 맞은 개는 그 일을 평생 잊지 않는 법이다. 우리는 군인들이 원하는 건 오직 정보뿐이라는 걸 알았고, 호르헤 오빠가 돌아오지 않는 한 우리의 감정은 달라지지 않을 것이었다.

군인들은 또 다른 술책도 썼는데, 성직자 행세를 하는 것이었다. 어느 일요일, 사제복을 입은 사람 몇 명이 우리 교회에 등장했다. 우린 처음엔 진짜 성직자들이 미사를 주관하는 것이라고 생각했지만, 얼마 지나지 않아 어린아이까지도 그 사람들이 가짜라는 걸 알아차릴 수 있었다. 아기한테 세례를 주면서 물을 뿌리는 것도 빠뜨렸고, 기도문도 제대로 외우지 못했다. 꼬마 알리시아가 잔소리를 할 정도였다.

"아기한테 물도 안 뿌렸고, 기도도 잘못했어요."

가짜 신부들은 화를 냈다.

"입 닥쳐! 네가 끼어들 일이 아냐!"

그들은 화가 나서 날카롭게 말했다. 알리시아는 날 보며 쿡쿡 웃었다.

신부들이 왔다 간 뒤 우리는 경계를 더욱 빈틈없이 했다. 군인들이 젊은이들을 잡아다가 강제로 입대시킨다는 소문이 널리 퍼졌다. 그래서 밤이고 낮이고 한 시간도 쉬지 않고 망을 봤다. 군인이 나타났다고 하면 젊은 남자들은 모두 숲 속으로 몸을 피했다. 군인들은 올 때마다 이렇게 물었다.

"에스파냐 어 할 줄 아는 사람 있소?"

나는 늘 모른다고 고개를 흔들었지만, 알리시아나 다른 꼬마들이 고개를 돌려 나를 슬쩍 보곤 했다. 나 역시도 마을에 남아 있는 게 안전하지 않았으므로, 군인이 오면 남자들과 같이 숲으로 달아났다.

우리처럼 파수꾼을 세우지 않은 마을에서는 젊은 남자나 남자아이들이 들에서 일하다가 잡혀가는 일이 매우 많았다. 이들은 군인이 되어 전투 중 죽은 사람의 자리를 메워야 했다. 에스파냐 어를 하다 들킨 사람들도 잡혀갔고, 반군에 동조한 사람도 모두 잡혀갔다고 했다. 잡혀간 사람들은 그 뒤로 다시는 얼굴을 볼 수 없었다.

소문과 불신이 마을 사이에 유행병처럼 번졌다. 마음에 들지 않는 사람이 있으면 군대나 반군을 도와주었다고 반대편에 일러바쳤고, 그러면 그 사람은 한밤중에 쥐도 새도 모르게 사라지고 말았다. 오래지 않아 아빠가 예언한 일들이 일어났다. 평생 함께 살아온 우리 마을 사람들도 이제 서로를 믿지 못하게 됐다. 누구를 믿어야 할지 알 수 없었다.

그러는 동안 엄마는 점점 더 몸이 나빠졌다. 토하기도 하고 복통이 심하다고 했다. 우리 마을 의사, 쿠란데로(약초 등의 전통적인 방법으로 병을 치료하는 사람—옮긴이)가 여러 차례 방문했고 아빠는 돈을 많이 썼지만 약초로는 통증에 시달리고 땀을 비 오듯 흘리는 엄마를 낫게 할 수가 없었다. 나는 여전히 큰길을 피해 돌아서 학교에 갔다. 밤에는 군인들이 들이닥치면 언제라도 숲으로 도망갈 수 있도록 문 가까이에서 잤다. 누가 군인들에게 내가 에스파냐 어를 할 줄 안다고 일러바치지나 않을까 늘 불안했다. 종일 두려움에 떨다 보니 밤이면 내 배도 뒤틀리고 쓰렸다.

에스파냐 어를 안다는 것이 사악하고 무시무시한 비밀처럼 되었다. 하지만 마누엘 선생님이 내게 준 선물을 버리고 싶진 않았다. 매일 밤 나는 잠자리에 누워 깜깜한 어둠 속에서 반항이라도 하듯 금지된 에스파냐 어 단어를 소리 없이 입 모양만으로 되뇌곤 했다.

그 달 말, 군인들은 전술을 또 바꾸었다. 몇몇 마을에서 사람들이 칼을 들고 대항했기 때문이다. 몇 사람씩 숨어 있다가 산길을 따라 이동하는 군인을 공격하기도 했다. 이를 막기 위해 군인들은 마체테를 소유하는 것을 금지했고 모두 빼앗아 갔다.

"마체테를 가진 사람은 모두 적으로 여기겠다."

군인들이 선언했다.

아빠를 비롯한 마을 사람들은 대부분 마체테를 비닐로 싸서 땅에 묻었다. 그러자 무방비 상태가 되고 말았다. 군인들뿐 아니라 뱀이나 미친개나 황소가 달려들어도 싸울 수단이 없었다. 게다가 밭에서 옥수숫대를 벨 때도 칼이 없으므로 맨손으로 꺾어야 했다. 그러다 보면 손이 까져 쓰라렸다. 어린아이들은 밤마다 아파서 울다가 잠이

들었다. 마체테가 없는 우리는 미친개들에 둘러싸인 양 떼나 다름없었다.

크리스마스도 조용하게 보냈다. 그러나 새해에는 전쟁과 공포가 사라지기를 간절히 바랐다. 엄마가 빨리 낫기를 기도했고, 오빠가 돌아오게 해달라고 기도했다.

그러나 오빠는 돌아오지 않았고 엄마는 낫지 않았다. 처음에는 나쁜 물을 먹어서 그런가 보다고 생각했다. 하지만 엄마는 몸을 움직일 때마다 아파했고 서 있기조차 힘들 정도로 몸이 쇠약해졌다. 기침과 설사가 멎지 않아 몸이 쇠약해졌고 기운이 하나도 없었다. 동그랗고 부드럽던 뺨은 쏙 들어가고 창백해졌다. 윤기나던 검은 머리는 거칠고 푸석푸석해졌다. 엄마는 밤마다 잠자리에서 몸을 뒤척였고 머리 위에 태양이 이글거리기라도 하는 듯 이마에 땀방울이 맺혔다.

쿠란데로는 새로운 치료법을 계속 시도했지만 어떤 것도 효과가 없었다. 3월 어느 흐린 날, 아빠는 우리 모두를 불러모았다.

"엄마가 죽어 간다. 잠깐씩 엄마와 이야기해라."

아빠가 조용히 말했다.

나는 동생들을 모아 집 밖에 서서 함께 차례를 기다렸다. 리디아와 홀리아는 울었다. 나는 겁에 질렸다. 내 차례가 되자, 나는 엄마 몸을 가볍게 안고 속삭였다.

"엄마, 군대도 전쟁도 없는 데로 가세요. 꽃이 활짝 피고 수탉들도 조용히 우는 곳으로 가세요. 평화롭게 쉬세요. 사랑해요, 엄마. 엄마를 평생 잊지 않을 거예요."

엄마는 눈을 뜨고 마르고 갈라진 입술에 미소를 띠었다. 나는 몸을 굽혀 엄마 뺨에 입을 맞추고, 눈물이 떨어지기 전에 방에서 뛰쳐나왔다.

우리가 돌아가면서 엄마에게 인사를 하는 동안 엄마는 생명의 끈을 꼭 쥐고 놓지 않았다. 마지막으로 아빠가 들어가 한참 동안 옆에 있었다. 마침내 아빠가 밖으로 나왔다. 눈이 붉고 얼굴이 고통으로 일그러져 있었다.

"엄마가 죽었다."

아빠가 들릴락 말락 한 소리로 말했다.

그 순간, 모두 함께 울었고 하늘에서도 눈물방울을 뿌렸다.

그날 오후 이웃 사람들이 작은 선물을 가지고 찾아왔고 엄마에게 가장 좋은 코르테와 위필을 입히는 걸 도와주었다. 아빠는 숲에서 홀로 조그만 나무관을 만들었다. 나는 아빠가 숲에서 일하는 동안 주위에 내려앉을 잔인한 고요를 생각했다. 준비가 끝나자, 엄마를 관에 눕히고 우리 집 식탁 위에 올려놓았다.

엄마가 죽었다는 소식을 듣고 학교에서 마누엘 선생님이 왔다. 마을 사람들이 한 줄로 서서 엄마 옆을 지나쳐 가며, 꽃이나 구슬목걸이나 기념품 같은 것을 엄마의 야윈 가슴 위에 올려놓을 때 선생님도 옆에 있었다. 그리고 우리는 엄마의 몸을 단 위에 올려놓고 태웠다. 나는 엄마의 재를 모아 병에 담아 집 밖으로 가져가는 것을 도왔다. 엄마의 무덤을 팔 때도 거들었다. 엄마의 재를 묻은 곳은 우리 가족 모두의 태(胎)를 묻은 곳이고 조상들의 재도 거기 묻혀 있다. 생명을 담은 물과 죽음의 재가 함께 묻힌 신성한 땅이다.

"네 학생들은 내가 가르치마. 지금은 가족들과 함께 있어라."

선생님이 돌아가기 전에 나에게 말했다.

나는 선생님 말대로 가족들과 함께 있었다. 사흘 뒤, 우리는 엄마의 영혼을 다음 세상으로 보내기 위해 꽃과 초를 들고 엄마의 무덤에 갔다. 아빠는 그날 밤 우리 모두를 한 자리에 불러모아 이렇게 말했다.

"집 밖에 나가지 마라. 오늘 밤은 밖에 귀신들이 떠돌아다닌다."

우리는 저녁 내내 불 가에 모여 앉았다. 알리시아와 리디아는 내 양 팔에 안겼다. 우리는 모두 불을 뚫어져라 들여다봤다.

"우리, 엄마 얘기 하자. 슬픈 얘기 말고, 행복하고 재밌는 얘기. 엄마도 좋아하실 거야."

내가 말했다. 홀리아가 가장 먼저 웃을 힘을 냈다.

"엄마는 쥐를 싫어했어. 리디아랑 나랑 죽은 쥐새끼들을 발견했거든. 그걸 뜨거운 물이 든 그릇에 넣었지. 저녁때 엄마한테 우리가 특별 수프를 만들었다고 했어. 손으로 엄마 눈을 가리고, 수프를 갖다 놓고 손을 뗐지. 그랬더니 엄마가 좋아하는 척하면서 숟가락을 몇 개 더 가져오는 거야. 엄마가 '이렇게 맛있는 건 같이 먹어야지.' 했어."

"그래서 어떻게 했어?"

안토니오가 물었다.

"소리를 지르며 도망갔지."

레스테르는 어찌나 웃었던지 코에서 콧물이 흘러나왔다. 그걸 보고 우리는 더 웃었다.

그날 밤 우리는 돌아가며 엄마 이야기를 한 가지씩 했다. 엄마 재를 정성스레 땅에 묻었듯이, 엄마가 우리 마음속에 편히 깃들 수 있도록, 슬픈 기억이 아니라 행복한 기억을 서로 나누었다. 외할머니가 돌아가셨을 때, 엄마도 식구들을 모두 모아 놓고 그렇게 했다.

기나긴 그날 밤, 한밤중에 아빠는 혼자 집 밖으로 나갔다. 이상스런 소리가 들려와서 밖을 내다보았다. 아빠가 이웃집 당나귀를 뒷마당에 매는 중이었다. 리디아와 알리시아에게 당나귀가 내는 소리를 귀신들이 내는 소리라고 말하기 위해서였다.

알리시아는 당나귀가 집 밖에서 돌아다니는 소리를 듣고 놀라 내 귀에 대고 속삭였다.

"엄마, 밖에 귀신 소리 들려?"

알리시아가 나를 엄마라고 불렀을 때, 눈물이 고여 눈앞이 뿌예졌다. 나는 알리시아를 꼭 끌어안고 말했다.

"응, 알리시아. 귀신 소리 들려."

나는 그날 밤 우리 가족이 너무나 자랑스러웠다. 호르헤 오빠도 없고, 엄마도 없었지만, 그래도 우리 가족은 흔들리지 않고 불 가에 함께 모여 앉아 있다.

동생들이 모두 잠자리에 든 뒤 아빠가 나에게 다가왔다.

"가브리엘라, 호르헤도 없고 엄마도 없으니 이제 네가 맏이다. 집안일을 더 많이 도와줬으면 한다. 하지만 학교도 빠지면 안 돼."

나는 고개를 끄덕였다. 아빠가 말을 이었다.

"아빠한테 한 가지 약속해 줘. 혹시 나한테 무슨 일이 생기면, 네가 네 자식처럼 동생들을 돌보아야 해. 약속할 수 있겠니?"

약속이란 미래에서 빌려 오는 것이지만, 나는 망설임 없이 "네."라고 대답했다. 머지않아 그 약속을 지켜야만 할 때가 오리라는 걸 그때는 전혀 몰랐다.

마누엘 선생님의 죽음

전쟁이 일어났다는 소문이 우리 마을에 전해진 것은 엄마가 죽고 1년도 채 안 되었을 때였다. 처음부터 나는 그게 우리의 전쟁이라고는 생각하지 않았다. 우리가 왜 적을 두고 싸워야 하는가? 우리는 캄페시노, 즉 시골 사람들일 뿐이고 정치나 권력은 관심 밖이었다. 우리는 가족을 돌보고 먹고살기 위해 식량을 생산하는 것 말고는 관심이 없었다.

그런데 왜 군인들이 자꾸 우리 마을에 오는지 알 수가 없었다.

"반군은 공산주의자다. 반군을 돕는 사람도 공산주의자다."

군인들이 외쳤다.

학교에서 마누엘 선생님이 공산주의가 뭔지 설명해 주었지만, 우리 마을 사람들은 대부분 공산주의니, 민주주의니, 사회주의니, 자본주의니 하는 말을 들어 보지도 못했다. 우리는 그저 살던 대로 계속 살아가고 우리 부모, 조부모, 증조부모가 일구던 땅을 계속 일굴 수 있기를 바랄 뿐이었다. 엄마와 아빠는 사람들을 도우라고 가르쳤다. 이쪽 편이나 저쪽 편만을 도우라고는 하지 않았다. 평화롭게 살아가고자 하는 게 자본주의자가 되는 행동이든, 아니면 사회주의자나 공산주의자가 되는 행동이든 간에 우리는 조금도 신경 쓰지 않았다. 그저 조상들이 살던 대로 살 수 있도록 내버려 두기만을 바랐다. 그게 누군가의 적이 되는 행동인가?

군인들이 툭하면 맞붙어 싸우고 총소리가 계속 울리자 아이들을 학교에 보내지 않는 부모가 늘었다. 아빠는 그러지 않았다. 아빠는 나한테 이렇게 말했다.

"가브리엘라, 네가 공부를 계속하고 싶어 하는 거 안다."

아빠 말이 맞았다. 마누엘 선생님처럼 나도 배움을 통해 살아나가는 법을 배울 수 있을 거라고 생각했다. 나는 배움에 굶주려 있었고, 마누엘 선생님의 조교 노릇을 하기 시작한 뒤에는 어린아이들이 나를 선생님으로 생각했다. 집안일을 도와야 한다는 의무감도 물론 있었지만 아이들을 돌보다 보면 내가 필요한 존재라는 생각이 들었다. 그리고 아이들을 가르치면서 호르헤 오빠나 엄마 생각을 조금 잊을 수 있었다. 그렇지만 엄마가 돌아가시고 난 뒤 일주일 동안은 학교에 가지 않고 집에 있었다.

학교에 다시 가게 된 날, 어린아이들을 가르칠 준비를 하기 위해 집에서 일찍 나섰다. 마누엘 선생님은 나에게 날마다 일과의 절반은 내 공부를 해야 한다고 했다. 나머지 절반 동안에는 엔리케, 빅토리아,

리사, 사미, 카르멘에게 수학, 읽기, 과학을 가르쳤다.

학교에 도착했을 때 마누엘 선생님이 벌써 책상에 앉아 있었다. 선생님은 목이 아픈 듯 손으로 문지르는 참이었다.

"선생님, 안녕하세요?"

내가 활기찬 목소리로 인사를 했다.

"선생님은 전쟁만 없다면 아주 안녕할 거다."

선생님은 창밖을 내다보며 말했다.

"뭐가 잘못됐어요?"

내가 물었다. 선생님은 두 손을 들며 말했다.

"세상이 잘못됐지."

선생님은 의자를 돌려 나를 마주 보더니, 약간 누그러진 듯한 모습으로 지친 미소를 띠어 보였다.

"미안하다, 가브리엘라. 선생님 하소연이나 들으려고 학교에 온 건 아닐 텐데."

선생님은 다시 창밖을 내다봤다.

"괜찮아요."

내가 말했다. 농담 잘 하고 놀리기도 잘 하는 선생님의 예전 모습이 그리웠다.

"애들이 오나 보시는 거예요, 군인이 오나 보시는 거예요?"

내 말에 선생님은 어깨를 으쓱했다.

"귀신을 찾고 있는지도 모르지. 너희 식구들은 잘 지내니?"

"우리도 귀신을 찾고 있어요."

선생님과 나는 수업 시간이 될 때까지 이야기를 나누었다. 오늘은 여섯 명밖에 출석하지 않았다. 큰 아이는 나, 루벤, 페데리코, 파블로, 어린아이는 빅토리아, 리사 둘밖에 없었다. 빅토리아와 리사를 다시 만나 반가웠다. 두 아이는 조금만 더 하면 알파벳을 다 뗀다. 마지막 글자 몇 개를 오늘 다 외우면 상으로 주려고 사탕 두 개를 잘 간직해 두었다.

마누엘 선생님은 학생들과 인사를 한 다음, 의자에 깊숙이 기대앉아 뭔가 중대한 결정을 내리기라도 하려는 듯 머리를 긁적였다.

"학교가 더우니까 강가로 소풍을 가자. 오늘은 그물로 물고기 잡는 법을 가르쳐 주겠다."

선생님이 말했다.

나는 선생님이 무슨 일 때문인지 걱정에 휩싸여 있다는 걸 알았다. 군인들이 학교로 올까 봐 걱정하는지도 몰랐다. 아니면 다른 이유가 있을 수도 있다. 이유가 뭐든 간에 강으로 소풍 가는 걸 마다할 까닭은 없었다. 리사와 빅토리아한테 알파벳 가르치는 것은 밖에서 해도 된다.

결정을 내리고 나니 마음이 후련한지, 선생님이 루벤을 안고 간질였다.

"집에서 대체 뭘 먹었니? 우리 집 돼지보다 더 통통하구나!"

루벤은 좋아서 비명을 지르며 자기도 마누엘 선생님을 간질였다.

"선생님은 우리 집 소보다 더 커요."

"선생님은 코끼리보다 더 커."

빅토리아가 말했다.

"시냇가로 가자."

선생님은 조그만 배낭을 들고 나섰다. 선생님은 페데리코더러 조그만 그물을 들라고 했다. 나는 페데리코가 좋았다. 페데리코는 키가 크고 말랐는데 나처럼 공부를 잘했다. 아름다운 시를 쓸 줄 알아서 페데리코가 쓴 시를 낭송하면 부드러운 노랫가락처럼 들렸다.

나는 선생님이 아이들을 이끌고 강 쪽으로 가는 모습을 봤다. 호통을 치고 벌을 주는 선생님도 많다. 하지만 마누엘 선생님은 학생한테 실망했을 때조차도 조용조용 말한다. 아이 하나하나를 존중해 주었고, 학생들의 생각을 귀 기울여 들어 주었다. 우리는 선생님이 가자는 데는 어디라도 따라갔을 것이다.

걸어가면서 선생님은 자꾸 어깨 너머로 나무 뒤편을 살폈다. 나도 군인들이 나타날까 걱정이 되긴 했지만 선생님이 이렇게 불안해하는 건 처음 봤다. 강에 도착하자 좀 마음을 놓으신 것 같았다. 여기에 있으면 학교에서도 큰길에서도 우리가 보이지 않는다. 선생님은 그물을 펼치고 물에 던지는 방법을 가르쳐 주었다.

선생님이 안 볼 때 나는 선생님 뒤로 살금살금 다가가 그물 끝을 선생님한테 덮어 씌웠다.

"고래 잡았다! 고래 잡았다!"

내가 소리쳤다. 그 순간 다들 선생님한테 덤벼들었고 선생님은 강가에서 물 위에 끌려나온 고래처럼 버둥거렸다. 선생님은 낑낑거리며 선생님 몸 위에 올라탄 꼬맹이들을 간질였다. 마침내 선생님은 바로 앉아서 숨을 헐떡이며 그물에서 빠져 나왔다.

"내 배낭에 뭐가 들어 있는지 궁금하지 않니?"

선생님이 물었다.

말이 떨어지자마자 빅토리아와 리사는 선생님의 큰 손을 잡고 상류 쪽 미루나무 그늘 아래로 끌고 갔다. 선생님은 일부러 느릿느릿 배낭을 열더니 오렌지 주스 한 병씩을 나누어 줬다. 손수 하나씩 뚜껑을 따서 건넸다. 날이 더워 주스가 미지근했지만 그래도 좋았다. 선생님은 마지막으로 토르티야가 든 봉지 하나를 꺼냈다.

"점심 먹자."

선생님이 말하며 나지막한 바위에 걸터앉았고 우리는 선생님 주위에 둘러앉았다. 선생님의 염려와 두려움도 사라진 것 같았다. 표정이 느긋했고 파블로의 주스를 뺏어 먹으려는 흉내를 내는 선생님의 눈가엔 장난기가 어렸다.

깔깔 웃다가 우리는 군인들을 발견했다. 군인 열 명이 어깨에 총을 메고 우리 쪽으로 똑바로 걸어왔다. 웃음과 장난을 멈추고 우리는 조용히 기다렸다. 군인들이 그냥 지나쳐 가길 바라면서.

군인들은 우리가 앉아 있는 곳으로 왔다.

"여기서 애들하고 뭐 하는 거요?"

마누엘 선생님은 에스파냐 어를 못 알아들은 척했다. 그러나 지휘관이 루벤한테 걸어와 세게 걷어찼다.

"너 에스파냐 어 알아?"

지휘관이 소리를 질렀다. 선생님이 벌떡 일어났다.

"제가 에스파냐 어를 압니다."

선생님이 조용히 대답했다.

"아이들을 다치게 하지 마세요. 제가 이 아이들 선생입니다."

"애들한테 뭘 가르치나?"

"여러 가지요. 읽고 쓰고 생각하는 법을 가르치죠."

선생님이 대답했다. 지휘관은 아주 못생긴 사람이었다. 피부가 거칠어 꼭 파인애플 껍데기 같았고, 눈은 뱀눈처럼 작고 검었다.

"어떻게 생각하는 법을 가르치는데? 공산주의자처럼?"

지휘관이 호통을 쳤다.

"아닙니다. 저는 아이들이……."

선생님이 말을 맺기도 전에 지휘관이 느닷없이 개머리판을 선생님의 배에 쑤셔 박았다. 지휘관은 커다란 입을 벌려 사악한 미소를 띠더니, 갑자기 입술을 가늘게 앙다물었다.

"거짓말! 거짓말이다!"

지휘관이 소리쳤다.

내가 일어나자 몇몇 군인이 동시에 나에게 총을 겨눴다. 선생님은 몸을 웅크렸지만 비명을 지르지도 대항하지도 않았다.

"아녜요! 선생님은 공산주의자가 되라고 가르치신 적 없어요!"

위험하다는 건 알았지만 나는 에스파냐 어로 외쳤다. 지휘관은 호기심이 발동하는 듯 징그러운 시선으로 나를 보며 다가왔다.

"네년은 인디오구나."

지휘관은 이렇게 말하고 인디오가 더럽고 천박한 말이기라도 한 듯

침을 퉤 뱉었다.

"어디서 에스파냐 어를 배웠지?"

내가 대답하기도 전에 지휘관이 내 뺨을 세게 후려갈겼다. 어찌나 세게 맞았는지 머리가 폭발하는 것 같았다. 나는 쓰러졌고 입에 비릿한 피가 고였다.

"애들은 때리지 마세요."

선생님이 다시 사정했고 지휘관은 개머리판으로 선생님의 배를 또 찔러 고꾸라뜨렸다. 아이들 모두 동시에 일어섰다. 빅토리아와 리사는 비명을 지르며 도망가기 시작했다.

군인 한 명이 소총을 들고 겨눴다. 나는 군인이 아이들에게 총을 겨눈다는 게 도무지 믿기지 않아 순간적으로 멍해졌다.

"안 돼요! 쏘지 마세요!"

내가 비명을 지르며 아이들을 쫓아갔다.

"잡아오지 않으면 죽여 버릴 거야!"

지휘관이 소리쳤다.

나는 두 아이를 잡아서 양팔로 꼭 안았다. 아이들은 거센 바람 속의 조그만 나무처럼 바들바들 떨었다. 나는 아이들을 달래서 다시 데려오며 귓가에 이렇게 속삭였다.

"소리 지르거나 도망가면 안 돼. 조용히 돌아가자."

군인들은 선생님을 일으켜 세워 등 뒤에서 손을 묶었다. 그러고 한 명씩 돌아가며 선생님의 배와 얼굴을 때렸다. 한 군인은 선생님의 가랑이 사이를 발로 걷어찼다. 녹색 군복을 입은 겁쟁이들이 선생님을 때리고 또 때리는 동안 선생님의 얼굴은 하얗게 질렸다. 선생님이 우리를 돌아봤을 때, 선생님 눈에 고인 눈물을 보고 나는 선생님이 자기 자신보다 우리들을 더 염려하고 있다는 걸 깨달았다. 그러나 우리는 힘없는 어린아이들일 뿐이다. 선생님을 도울 수가 없었다.

　우리는 겁에 질려 훌쩍이며 덜덜 떨었다. 나는 고개를 돌렸지만 한 군인이 나를 붙들고 똑바로 보라며 다시 얼굴을 돌렸다. 우리는 꼼짝없이 그날 일어난 일을 낱낱이 볼 수밖에 없었다. 리사는 큰 소리로 울었고, 마누엘 선생님은 리사를 보며 기운을 쥐어짜 입 모양으로 '무서워하지 마라.' 라고 말했다. 그러자 주먹이 선생님의 얼굴로 날아들었다.

　군인들은 주먹이 아프고 팔이 뻐근할 때까지 돌아가면서 선생님을 때렸다. 나는 분노와 공포가 끓어올라 토할 것 같았다. 선생님의 얼굴이 퉁퉁 부어올랐다. 코와 입가에서 피가 줄줄 흘렀다. 눈은 불룩 튀어나왔고 얼굴은 하얗게 질렸다가 붉어졌다가 다시 하얘졌다.

　맞을 때마다 선생님은 신음 소리를 냈지만 단 한 번도 비명을 지르거나 맞서지는 않았다. 마누엘 선생님은 내가 지금까지 본 어떤 사람보다 훨씬 더 용감했다. 너무 많이 맞아 두 다리로 서 있을 수 없을 지경이 되자 군인 둘이 선생님의 팔을 붙들고 일으켜 세웠고 다른 군인들은 계속 때렸다.

　때리는 것이 계속되는 동안 나는 군인들 중 둘은 인디오라는 걸 알아차렸다. 그 두 사람은 때리면서도 다른 군인들만큼 즐거워하지는 않는 것 같았다. 아마 선생님을 때리지 않으면 자기들이 얻어맞기 때문에 어쩔 수 없이 때리는 것 같았다.

 선생님이 언제 돌아가셨는지 나는 알아차리지 못했다. 군인들도 몰랐지만, 자기들이 죽은 사람을 때리고 있다는 걸 알고는 더욱 화를 냈다. 나는 마침내 죽음이 선생님을 고통에서 자유롭게 해 주어 어떤 군인도 손댈 수 없는 곳으로 갔다는 걸 알고 안도했다. 선생님은 내 킨세아녜라 날 밤 나와 함께 춤을 추었던 곳으로 간 것이다.

 나는 다른 아이들, 빅토리아, 리사, 루벤, 페데리코, 파블로를 봤다. 우리는 내내 모두 용감하게 서 있었지만, 선생님이 땅바닥에 쓰러지는 걸 보고 엉엉 울었다. 못생긴 지휘관은 밖으로 삐져나온 윗옷을 바지 속에 쑤셔 넣고 몸을 돌려 당당하게 걸어왔다. 마누엘 선생님을 죽이고 나니 자기가 더 위대한 사람이라도 된 것처럼 굴었다.

 "네놈들 중 한 명이라도 오늘 있었던 일을 내뱉으면 잡아 죽일 테다. 알겠나?"

 우리는 모두 고분고분 고개를 끄덕였다.

 "가라!"

 지휘관이 소리를 질렀다.

 우리는 달렸다. 우리는 한 덩이가 되어 울퉁불퉁 자갈이 깔린 강가를 달려 백여 미터 떨어진 숲으로 뛰었다. 그러나 숲에 들어서기 전에 총소리가 울렸다. 내 옆에서 달리던 파블로가 쓰러졌고 바위 위에 붉은 피가 흘렀다. 돌아보니 빅토리아도 총에 맞아 그 자리에 쓰러졌다.

 나는 숨을 헐떡였고 연달아 루벤이 쓰러지자 공포의 비명을 질렀다.

루벤이 땅에 고꾸라지며 머리를 바위에 부딪혀 '쿵' 소리가 났다. 돌아보니 어린 리사가 우리 뒤에서 미친 듯이 뛰고 있었다. 걸음이 느려 우리를 따라오지 못했다. 나는 속도를 늦춰 리사의 손을 잡았지만, 손을 잡는 순간 총소리가 울리고 리사도 엎어졌다.

나는 걸음을 멈추고 쓰러진 아이들을 일으켜 세우고 싶었지만 그 순간에 멈춘다는 건 곧 죽음을 의미했다. 페데리코와 나만 남았다. 페데리코는 나보다 키가 컸지만 달리기는 나보다 느렸다.

"달려, 페데리코!"

내가 소리를 질렀다.

숲에 거의 다다랐을 무렵 또 한 번 총소리가 울리고 페데리코가 쓰러졌다. 총소리가 울릴 때마다 나는 번개를 맞은 것처럼 놀랐고, 몸이 마비되어 이 모든 일이 아주 천천히 벌어지는 것처럼 느껴졌다. 이렇게 무서웠던 적은 한 번도 없었다. 군인들에게서 멀리 도망치는 것만이 목숨을 지키는 길이었지만, 한 걸음 디딜 때마다 이게 마지막 걸음이다 싶었다.

내가 숲으로 들어서자 군인들은 소리를 지르며 쫓아오기 시작했다. 계속 뛰어 봤자 붙잡힐 게 뻔했다. 살아남는 유일한 방법은 군인들이 예상치 못한 방향으로 움직이는 거다. 나는 나무 사이로 몸을 숨기고서 곧바로 가장 가까운 마치차나무(아메리카 대륙 열대 지방에 자라는, 잎이 깃 모양인 나무—옮긴이)로 달려가 전속력으로 나무를 탔다. 가지에서 가지로 미친 듯이 타오르며 고개를 돌려 아래를 내려다봤다. 군인들의 고함 소리와 군홧발 울리는 소리가 숲에서 메아리치며 아래쪽으로 지나갔다.

나는 숨을 헐떡이며 나무에 앉아 있었다. 군인들이 나를 겨누지 않은 건, 내가 여자애들 중에 제일 나이가 많으니 총알밥을 먹이는 것보다 더한 짓을 하려고 그랬는지도 모른다. 그 생각을 하니 더욱 무서웠다. 군인들 중 하나라도 위쪽을 올려다보면 날 발견하고 죽일 것이다. 그러나 군인들은 내가 자기들보다 앞서 달려갔을 거라고 생각하고 쫓아갔다. 군인들은 소총을 몽둥이처럼 휘두르고 고함을 지르며 미친 듯이 숲 속 깊은 곳으로 들어갔다. 역겨운 웃음소리가 나무 사이에 울려 퍼졌다.

나는 고함 소리가 멀어질 때까지 조금 더 기다렸다가 올라갔을 때보다 더 빠른 속도로 나무에서 내려왔다. 땅에 발이 닿자마자 숲에서 나와 강으로 가서 파블로, 빅토리아, 루벤, 리사, 페데리코에게 달려갔다. 하나씩 몸을 돌려 보았지만 살아 있는 아이는 하나도 없었다. 마누엘 선생님한테는 가보지 않았다. 선생님은 벌써 구름 위를 떠다니고 있을 게 분명했다. 나는 전속력으로 강 하류 쪽으로 달렸다. 총알이 '턱' 하고 조그만 아이들의 몸을 뚫는 둔탁한 소리가 머릿속에서 메아리쳤다. 나는 달리고 또 달렸다.

불타는 마을

 마누엘 선생님은 학생들에게 하늘을 올려다보면 무슨 생각이 드느냐고 묻곤 했다. 강가에서 그 일이 일어난 뒤로, 하늘을 쳐다볼 때마다 마누엘 선생님 말고 다른 것은 떠오르지 않는다. 구름 사이에 선생님 얼굴이 보이고 산들바람을 타고 선생님의 부드러운 손길이 느껴진다. 선생님과 마주 안고 춤을 추는 기분이다. 빗방울이 떨어지면, 더 좋은 세상에서 내려온 눈물방울처럼 여겨진다.
 마누엘 선생님과 아이들이 죽은 뒤 학살 소식은 바람을 타고 마을에, 들판에, 온 지역에 퍼졌다. 각 마을에서 사람들이 나와 강가로 가서 시체를 거두어 장례를 치렀다.
 물론 군대에서는 자기들이 한 일이 아니라며 반군의 탓으로 돌렸다. 군대에서는 군인들이 이런 야만적인 행동을 했다고 주장하는 학생이 누군지 만나서 얘기를 해 봐야겠다고 했다. 그러나 우리는 바보가 아니었다. 군인들이 우리 마을에 올 때마다 아빠는 나를 숲으로 보내 나무에 숨게 했다.

더는 학교에도 갈 수 없게 되었고, 엄마와 호르헤 오빠도 없으므로 내가 동생들을 하루 종일 맡아 돌보았다. 나는 알리시아가 가장 어리고 약하기 때문에 그 애를 데리고 잤다. 천둥이 칠 때마다 나는 알리시아를 끌어안고 달랬다. 알리시아는 계속 나를 엄마라고 불렀는데 굳이 고쳐 주지 않았다. 아이들한테는 누구나 엄마가 필요한 법이니까.

아빠는 종일 들에서 옥수수와 커피를 거두어들였다. 아빠는 마을을 나서서 읍내 장에까지 갈 시간이 없었다. 그래서 아직 열다섯 살밖에 안 된 어린 내가 매주 장에 나가야 했다. 커피를 팔 수 있는 시장은 10킬로미터 정도나 떨어져 있었다. 그래서 추수 기간에는 주말마다 동이 트기 두 시간 전에 일어나 세 시간 동안 걸어서 시장에 갔다. 나는 군 정찰대를 피해 늘 산길을 따라 다녔다.

장에 도착하면 낡은 담요에 커피를 쏟아 놓고 양철 깡통을 되로 썼다. 나는 다른 장사꾼들처럼 저울이 없기 때문에 라티노들은 내가 양을 속인다고 덮어씌우며 에누리를 했다. 커피를 팔고 나면 그 돈으로 고춧가루, 비누, 향료 등을 샀다. 가끔은 그러고도 돈이 남아서 훌리아, 리디아, 알리시아에게 줄 머리끈과 레스테르와 안토니오한테 줄 사탕을 살 수 있었다.

그러나 때로는 커피를 팔지 못해 다시 지고 마을로 돌아가야 할 때도 있었다. 돌아가는 길은 짐이 더 무거웠다. 다음 주 다시 장에 나올 때까지 소금도 없이 지내야 한다는 소식을 아빠한테 전해야 하기 때문이다.

 장에서 인디오들은 소리를 죽여 서로 소식을 주고받았다. 반군이 인디오들을 도와주려 한다고 믿는 사람들도 있었다. 여러 마을에서 젊은이들이 참전하려고 반군에 입대한다고도 했다. 정부군은 인디오를 입대시키기가 어렵기 때문에 총으로 위협해서 젊은 남자와 소년들을 데려가 강제로 입대시켰다. 하지만 아직까지 우리 마을에서 반군에 들어간 사람은 없었다.

 7월이 되자 장에서 마을 전체가 불에 타고 마을 사람이 모두 학살당했다는 끔찍한 이야기도 들려왔다. 수백 명이 죽어 간다는 소문도 있었다. 수천 명의 인디오가 북쪽으로 피난을 떠나 광기를 피할 수 있는 가장 가까운 나라인 멕시코로 간다고도 했다.

 여전히 정부군 쪽에서는 반군의 짓이라고 하고, 반군 쪽에서는 정부군의 짓이라고 했다. 나는 어떤 말을 믿어야 할지 몰랐다. 반군이 군인들을 죽였다는 얘기도 들었지만, 반군이 군대의 첩자 노릇을 한다는 말도 들었다. 그렇지만 마을 전체를 몰살시킬 정도로 잔인한 짓을 하는 건 정부군일 거라고 믿었다. 내 두 눈으로 그들이 얼마나 피에 주려 있는지 똑똑히 보았으니까.

 8월 무렵에는 마을마다 파수꾼을 세워 군인이 나타나면 달아날 준비를 했다. 군인들은 마을이 텅 빈 것을 보면 화가 나서 집에 불을 지르곤 했다.

 하루하루 지나면서 전쟁의 양상도 바뀌었다. 정부군이 냉정한 살인마라는 사실이 분명해지자 많은 인디오들이 반군에 가담했다.

매주 장에 갈 때마다 나는 군인들이 인디오와 농부들을 마구 죽이고 더는 그런 사실을 감추려 들지도 않는다는 소식을 들었다. 하루는 내 옆에서 과일을 팔던 할아버지가 몸을 기울여 내 귀에 대고 이렇게 속삭였다.

"이제는 아예 암살단을 보낸다고 한다. 우리가 인디오라서. 인디오들을 모두 죽이려고 한대."

마누엘 선생님이 역사 시간에 인종 학살에 대해 이야기해 주긴 했으나 그런 일이 여기 과테말라에서 벌어지고, 우리 마야 인이 그 희생물이 되리라고는 꿈도 꿔보지 못했다. 그렇지만 내가 직접 목격한 일들이 많이 있었기 때문에 할아버지의 말이 옳다는 걸 믿지 않을 수 없었다.

어느 날은 장에 갔다가 돌아오는 길에 일부러 군인들이 마누엘 선생님과 학생들을 죽인 강가를 따라 걸었다. 발아래 잔잔히 흐르는 강을 바라보며 서 있다가, 전에는 듣지 못했던 소리를 들었다. 정찰 나온 헬리콥터가 투투투투 날갯짓을 하는 소리와 죽음을 토해 내는 기관총소리였다. 인디오들과 싸우기 위해 새로 도입된 무기였다. 강가에 서 있는데 헬리콥터가 낮게 강을 따라 날아왔으므로 잽싸게 뛰어가 나무 아래 숨었다.

그전 어느 때보다도 집을 떠나 장에 가기가 꺼려졌지만, 내가 장에 가지 않으면 우리 식구가 먹을 게 없었다. 총에 맞아도 죽지만 굶어도 죽기는 마찬가지다. 그러나 어느 토요일 오후, 장에 갔다가 느지막하게 마을에 돌아오는 길에 일어난 일은 손톱만큼도 미리 짐작하지 못한 일이었다. 멀리 보이는 우리 마을에서 불이 타오르고 있었다. 역겹게 타는 냄새가 허공에 가득했다.

나는 뛰기 시작했다. 제일 먼저 불붙은 집 앞에 시체가 하나 쓰러져 있는 게 눈에 들어왔다. 그리고 또 다른 시체, 또 다른 시체가 보였다. 잿더미가 된 우리 마을 여기저기에 시체가 널려 있었다. 마을에서 군인들에게 죽음을 당하지 않은 사람들은 들판에 쓰러져 있었다. 소총이나 헬리콥터에서 쏘아 대는 기관총을 맞고 쓰러진 것이었다. 늦은 오후 황혼 속에, 나무에서 떨어진 나뭇가지처럼 시체가 흩어져 있었다. 그렇지만 그들은 나뭇가지가 아니었다. 내가 아는 사람들이었다. 이모들, 삼촌들, 할아버지들, 그리고 이웃들이었다.

나는 멍하니 서서 그 광경을 바라봤다. 눈물이 뜨거운 물처럼 뺨 위에 쓰라리게 흐르고 온몸이 사시나무처럼 떨렸다. 토하지 않으려고 목구멍에 차오르는 쓴물을 자꾸 삼켰다. 너무나 끔찍한 악몽이었다.

나는 시체 사이사이로 달려 미친 듯이 가족들을 찾아 헤맸다. 아빠를 제일 먼저 찾았다. 풀밭에 고꾸라진 아빠의 몸은 부서질 듯 약해 보였다. 10미터도 떨어지지 않은 곳에 어린 동생 리디아가 자는 듯이 얼굴을 바닥에 대고 누워 있었다. 위팔에 붉은 핏자국이 두 군데 있었으므로 어디에 총을 맞았는지 알 수 있었다. 나는 아빠한테, 그리고 리디아한테 달려가, 옆에 주저앉아 시체를 끌어안고 흐느껴 울었다.

"안 돼! 안 돼! 안 돼!"

불에 타버린 우리 집 쪽으로 가서 다른 아이들과 함께 쓰러져 있는 훌리아를 발견했다. 훌리아는 자기가 아는 유일한 방식으로 다른 아이들을 지켜 주려고 했는지 아직도 손에 막대기를 쥔 채로 위를 보고 누워 있었다. 나는 시체 한 구에서 숄을 벗겨 순진무구한 훌리아의 얼굴에 덮어 주었다.

나는 충격으로 머리가 마비되어 멍한 채 유령처럼 돌아다녔다. 재가 된 집터에서 나와 여기저기를 찾아 헤맸다. 숲 가까이 가서 또 다른 동생을 찾았다. 숨으려고 했던 듯 레스테르가 수풀 뒤에 쓰러져 있었다. 계속 돌아다녔지만 안토니오와 알리시아는 찾지 못했다.

나는 공포에 질려 비틀거렸고 연기와 눈물로 눈이 따끔거렸다. 아빠한테 무슨 일이 생기면 동생들을 돌보겠다는 약속을 지키지 못했다. 그 자리에 있지도 않았던 것이다.

수치와 절망으로 넋이 나간 상태로 나는 내가 사랑한 사람들의 차가운 시체를 불에 탄 집터로 끌고 왔다. 아빠, 레스테르, 리디아, 훌리아를 엄마의 재를 묻은 신성한 땅에 묻을 것이다. 막대를 쥐고 피범벅이 된 손으로 얕은 무덤을 파는 동안, 끔찍한 생각이 머리에서 떠나지 않았다. 죽기 직전 동생들이 얼마나 무서움에 시달렸을까. 사람들이 모두 비명을 지르며 달아나고, 군인들이 고함을 치고, 총소리가 천둥처럼 울렸을 것이다.

서러워서 눈물과 딸꾹질이 그치질 않았다. 얕은 무덤을 파다가 고개를 들자 이웃 사람들의 시체 두 구가 더 보였다. 마을 사람을 모두 묻어 줘야 할 텐데, 살아 있는 사람은 나뿐이었다. 무덤 네 개를 만들어 그 위에 돌무더기를 쌓았지만, 내일 아침이면 쥐, 아르마딜로, 여우가 무덤을 다 파헤쳐 놓을 것이다. 지금도 벌써 대머리수리가 머리 위에서 맴돌다가 시체를 뜯어 먹으러 내려앉았다. 나는 소리를 질러 대머리수리를 쫓았지만 그 이상은 아무것도 할 수 없었다. 사람들을 묻어 줄 삽도 없었다.

주위를 둘러보다가 잿더미 속에서 빗을 하나 찾았다. 엄마의 빗이었다. 엄마가 그 빗으로 내 머리를 빗겨 주곤 했다. 우리 가족의 물건 중에서 남은 건 그것 하나였다. 나는 빗을 위필 안에 넣어 두었다.

사흘 동안 초와 꽃을 가족들 무덤에 가져가지 않으면 가족들의 영혼이 다음 세상으로 날아가지 못하는 게 아닐까 하는 생각이 들었다.

친구나 가족이 죽은 사람을 언덕 위로 데려가 불에 태워 영혼을 다음 세상으로 제대로 보내 주지 않으면 그 영혼은 어떻게 될까? 그 생각을 하니 마음이 갈라지는 듯 아팠다. 내 가족, 조상, 고대인들을 저버린 것 같았다. 그렇지만 군인들이 돌아올지 모르니 이대로 마을에 남아 있을 수는 없었다. 도망가야만 했다.

안토니오와 알리시아를 찾지 못한 것도 너무나 고통스러웠다. 우리 막냇동생은 나를 "엄마"라고 부르며 전적으로 의지했는데. 군인들이 총을 마구 쏘아 댈 때 알리시아는 "엄마! 엄마! 엄마!" 하고 나를 찾았겠지. 알리시아는 총소리를 천둥소리라고 생각했을까?

이런 의문들을 접어 두고 한시바삐 떠나야 한다는 걸 알면서도 나는 하염없이 눈물만 떨어뜨렸다. 다른 보병 정찰대가 곧 지나갈 것 같아서 억지로 몸을 일으켰다. 나는 내가 태어나 자란 곳을 마지막으로 걸어 길을 떠났다. 곧바로 숲으로 가서 멕시코 국경을 향해 북쪽으로 걸었다. 많은 인디오들이 과테말라를 떠나 그곳으로 간다고 들었다. 기억 말고는 아무것도 짊어지지 않았지만 그것은 내가 장에 지고 간 어떤 짐보다도 무겁게 내 마음을 짓눌렀다. 내 등 뒤에는 죽음의 재가 깔려 있고, 내 앞길에는 부연 구름이 뒤덮여 있었다. 나는 위험한 나라에서, 집도 미래도 없이 홀로 남은 어린 여자아이였다.

숲에서 겨우 2백, 3백 미터 정도 걸었을 때 상처 입은 짐승 소리 같은 훌쩍거리는 소리가 들렸다. 앞쪽에 있는 수풀에서 들리는 소리였다. 군인들이 함정을 파놓은 것일 수도 있기 때문에 몸을 땅바닥에 바싹 붙여 수풀 속을 살짝 들여다봤다.

나뭇가지 사이 깊숙이, 벌거벗은 작은 여자아이가 바닥에 쭈그리고 앉아 무릎을 꼭 끌어안고 있었다. 그 옆에는 남자아이가 웅크리고 있었다. 두 아이가 내 쪽을 돌아봤다.

기쁨으로 가슴이 터질 듯했다.

"알리시아! 안토니오!"

또 하나의 무덤

알리시아는 수풀에서 기어 나와 내 품 안으로 들어왔다. 조그만 손가락으로 내 몸을 아플 정도로 꽉 쥐며 매달렸다.
"괜찮니?"
내가 물었다. 알리시아는 훌쩍이며 아직도 겁에 질린 듯 둥그런 눈으로 주위를 살피며 입술을 바르르 떨었다. 검은 진흙이 동그란 얼굴에 뒤덮이고 검은 머리카락에도 엉겨 있었다.
"이제 괜찮아."
내가 말하며 벌거숭이인 알리시아를 꼭 끌어안았다. 안토니오에게 손을 뻗어 수풀에서 나오도록 돕는 동안 알리시아는 내 목에 꼭 매달렸다. 나는 안토니오도 안아 주려 했지만, 안토니오는 얼굴을 일그러뜨리며 고통에 찬 비명을 질렀다.
"왜 그래?"

안토니오의 셔츠 아래쪽이 피로 물들어 있었다. 안토니오는 신음 소리를 냈다. 안토니오의 상처를 미처 살피기도 전에 뒤쪽 멀지 않은 곳에서 남자들의 목소리가 들렸다.

"가야 돼! 지금!"

내가 소리 죽여 말하며 안토니오를 일으켜 세웠다.

"걸을 수 있어?"

안토니오는 고개를 끄덕이며 옆구리를 움켜쥐고 비틀비틀 걸었다. 나는 알리시아를 안고 숲을 헤쳐 가파른 언덕 위로 몸을 피했다. 알리시아를 안고 가려니 힘들었다. 언덕 위에서 알리시아를 내려놓고 쉴 수밖에 없었다. 알리시아는 또 내 목에 매달리려고 했지만, 나는 알리시아의 손을 꼭 쥐었다.

"걸어야겠다. 안고 갈 수가 없어."

내가 말했다. 안토니오는 내 옆에서 힘겹게 숨을 몰아쉬었다. 안토니오의 상처를 살피고 싶었지만 목소리가 더 가까이에서 들렸다.

"더 가야 해. 조금 더 갈 수 있어?"

내가 속삭였다.

안토니오는 얼굴을 일그러뜨리는 걸로 대답을 대신했다. 우리는 목소리가 멀어질 때까지 숲 속에서 계속 걸어 나갔다. 그러다 안토니오의 숨소리가 더욱 거칠어져 멈출 수밖에 없었다. 나는 주위를 둘러보았다. 여기는 숨을 곳이 없었다. 앞쪽에 있는 숲 바로 건너에는 나무 몇 그루만 드문드문 있는 넓은 공터가 있다. 그러나 공터만 지나가면 울창한 숲이 있었다. 이 숲은 길에서 멀리 떨어져 있으니 여기에서는 군용 차량의 눈에 띄지 않을 것이다. 공터를 가로지르다가 무방비로 잡힐 위험이 있었지만, 다른 방법이 없기 때문에 우리는 곧장 걸었다.

평상시에는 농부들이 곡식, 과일, 커피, 채소, 약초 등을 실어 나르느라 자주 이용하는 길이었다. 그러나 그날은 쥐새끼 한 마리 없었다. 하느님이 조화라도 부린 듯 모든 생명체가 사라진 것 같았다. 그러나 그건 하느님의 조화가 아니었다. 악마의 소행이었다. 죽은 듯한 고요가 바람마저 멎게 한 것 같았다.

내 옆에서 걷던 안토니오는 고통으로 몸을 뒤틀며 비틀거렸다. 내가 앞쪽을 가리켰다.

"저 숲 속으로 들어가야 안전해. 저기 가서 네 상처를 보자."

안토니오는 고개를 끄덕이며 고통스럽게 억지로 웃어 보였다. 단 한 마디도 불평은 하지 않았다. 내 동생이 달라 보였다. 정말 장했다.

공터는 평평했기 때문에 우리는 더 빨리 걸었다. 공터를 반쯤 가로질렀을 때 헬리콥터 소리가 들렸다. 메뚜기 소리처럼 공중에 울려 퍼지던 희미한 날개 소리가 갑자기 크게 들려왔다.

나는 안토니오의 팔을 잡고 알리시아의 손을 꽉 쥐었다.

"뛰어!"

나는 소리치며 둘을 잡아끌면서 나무가 있는 쪽으로 달렸다. 숨을 데라곤 나무 두어 그루밖에 없는 탁 트인 곳에서 적을 만난 것이다.

곧이어 헬리콥터가 커다란 북 소리처럼 꽹꽹 소리를 내며 우리 뒤쪽 언덕 위에 떠올랐다. 우리는 더 빨리 뛰었다. 안토니오는 쫓아오느라 애쓰면서도 아파서 헉헉거렸다. 어둑어둑 해가 지려 했으므로 헬리콥터가 우릴 발견하지 못하고 지나쳐 갈지도 모른다고 생각했지만 헬리콥터는 급격하게 방향을 꺾어 쫓아왔다. 안토니오와 알리시아를 끌고 가장 가까운 나무로 달렸지만 너무 늦었다. 기관총이 터지는 소리가 들렸고 내 왼쪽에서 흙이 튀겼다. 헬리콥터는 굉음을 내며 머리 위로 지나갔다가 다시 돌아오려고 방향을 틀었다.

알리시아는 비명을 지르고 안토니오는 앞으로 고꾸라졌다. 안토니오의 얼굴은 고통으로 일그러져 있었다. 헬리콥터가 다시 돌아왔을 때 우리는 홀로 서 있는 나무 뒤로 달려갔다. 가는 나무 둥치에 세 사람의 몸을 숨겨 보려고 옹크렸다. 헬리콥터가 이번에는 우리 위쪽 나뭇가지에 기관총을 난사하여 나뭇잎과 나무 조각이 머리 위에 비처럼 쏟아졌다. 헬리콥터가 또 한 차례 우레 소리를 내며 머리 위로 지나갔다.

공포에 혼이 나가고 숨도 제대로 쉬지 못하면서 나는 알리시아와 안토니오를 끌고 다음 나무 밑으로 들어가 하늘 위를 날아다니는 괴물을 피하려 했다. 나무에 가까스로 다다랐으나 몸을 숨기기에는 너무 작은 나무였으므로 헬리콥터가 선회하여 날아오며 총알을 쏟아붓는데도 계속 앞으로 달릴 수밖에 없었다.

우리는 울창한 숲을 향해 계속 달렸다. 다시 한 번 헬리콥터가 우리 머리 위로 지나가는 순간 총알이 우리 몸을 훑고 지나갈 거라는 생각이 들었다. 하지만 우린 살아 있었다. 아직도 숨을 쉬고 있다는 게 기적이었다. 이제 돌을 던지면 닿을 거리에 있는 공터 하나만 가로지르면 숲에 숨을 수 있다. 나는 공터로 뛰어들어 최대한 빨리 달렸다.

"빨리! 빨리!"

소리를 지르며 안토니오와 알리시아를 끌어당겼다. 이번에는 헬리콥터가 속도를 늦추고 우리 머리 위에 떠 있었다. 긴 날개에서 나오는 바람이 먼지와 마른 풀을 구름처럼 일으켜 눈앞이 보이지 않았다.

우리는 엎어지고 비틀거리면서도 서로 손을 놓지 않고 달렸다. 알리시아는 꺅꺅 새된 소리를 내고 안토니오는 괴로워서 비명을 질렀지만 우리는 멈추지 않았다. 총소리와 헬리콥터의 날갯짓으로 사방이 진동하고 귀가 멍멍했다. 흙덩이가 온몸에 튀겼으나 나는 주저앉지 않고 이제 몇 미터 앞에 있는 숲을 향해 기를 쓰고 달렸다. 소용돌이치는 흙먼지가 우리 몸을 때리고 숨을 쉬지 못하게 했으나 그 덕분에 우리 몸을 숨길 수 있었다.

마침내 안전하게 숲 속으로 들어왔다. 어둑어둑해지는 하늘에서 헬리콥터는 기관총으로 나무 위쪽을 계속 갈겼다. 그렇지만 우리를 볼 수는 없을 것이다. 또 숲이 나를 살린 것이다. 나는 헬리콥터가 두 차례 선회하다가 포기하고 돌아가는 소리에 귀를 기울였다. 헬리콥터 날개 소리의 진동이 언덕 너머로 사라졌다.

안토니오는 주저앉아 숨을 헐떡였다. 나는 안토니오 옆에 앉아 피에 흠뻑 젖은 셔츠를 들어 올렸다. 옆구리의 총알이 관통한 자리에 엄지손가락만 한 크기의 구멍이 나 있었다.

"아주 심하진 않구나."

나는 안토니오를 안심시키려고 차분히 말했다. 주위를 둘러보았다. 가까이에 작은 시내가 흐르고, 상처를 치료하는 데 도움이 될 약초도 보였다. 내가 셔츠를 더 들어 올리자 안토니오가 몸을 돌렸는데, 순간 심장이 멎는 것 같았다. 등 쪽에서 총알이 빠져나간 곳은 살이 너덜너덜하게 찢겨 내 주먹 크기만 한 상처가 나 있었다.

"누워."

내가 말했다. 목소리가 떨렸다.

내 코르테나 위필은 단단히 짜여 있어 찢을 수가 없었기 때문에, 안토니오의 셔츠 아래쪽을 찢어 시냇물에 담갔다. 나는 살살 상처를 씻어 주었지만, 이것만으로는 충분하지 않다는 걸 너무나 잘 알았다. 나는 양명아주 잎을 따서 손으로 비볐다. 양명아주는 상처를 아물게 하는 풀이었으므로, 그것이 안토니오의 상처를 낫게 해 주길 바랐다. 양명아주를 상처에 올려놓고 아빠가 동굴에서 감사 기도를 올릴 때 썼던 것과 같은 흰 송진을 그 위에 발랐다. 동굴에서 송진은 영혼을 치유해 주는 역할을 했다. 나는 송진을 안토니오의 상처 위에 올려놓고는 그게 몸도 보호해 주고 상처도 치료해 주길 기도했다.

송진을 덧발랐는데도 상처에서는 계속 피가 흘렀다. 나는 치맛자락을 시냇물에 적셔 안토니오의 이마를 훔치고 물을 짜 입에 넣어 주었다. 그러는 동안 알리시아는 공포에 질린 눈을 휘둥그레 뜨고 우리를 지켜봤다. 안토니오가 고통스런 잠에 빠져들고 난 후, 알리시아에게 물었다.

"알리, 괜찮아?"

알리시아는 말없이 안토니오를 쳐다보더니 우리 마을 쪽을 돌아보았다.

"안토니오가 다치는 거 봤니?"

내가 물었다. 알리시아는 말없이 나를 쳐다보기만 했다.

이미 주변이 어둑어둑했고, 안토니오는 더 걸을 수 없을 것 같아 나는 억지로 웃음을 지어 보였다.

"여기서 자고 갈까, 알리?"

내가 물었다. 알리시아는 여전히 말없이 쳐다보기만 했다.

나는 알리시아를 안토니오 옆에 두고 멀지 않은 곳에 있는 벚나무에 올라가 커다란 검은 버찌를 땄다. 무얼 먹은 지 벌써 한참 되었다. 동생들은 더 오래 못 먹었을 것이다. 나는 알리시아가 내가 자기를 두고 떠났다고 생각하지 않도록 버찌를 따면서 계속 알리시아의 이름을 불렀다. 버찌를 다 따서 내려갔을 때 안토니오가 깨어 있었다. 사방에는 칠흑 같은 어둠이 깔렸고 조각달 빛 말고는 아무것도 없었다. 안토니오는 먹지 않겠다고 하고 또다시 깊은 잠에 빠졌다. 알리시아는 허겁지겁 버찌를 먹고는, 가만히 앉아 땅만 내려다봤다.

"버찌 맛있었어?"

알리시아는 대답하지 않았다. 나는 수풀 아래에서 벌거벗은 알리시아를 발견한 이래로 알리시아가 단 한 마디도 하지 않았다는 걸 깨달았다. 알리시아의 눈빛은 뭔가에 홀린 듯 멍했다. 나는 위필에서 엄마의 빗을 꺼내 알리시아 뒤에 앉아 온통 뒤엉키고 헝클어진 머리카락에서 진흙덩이를 살살 떼어 냈다. 알리시아는 굳은 듯 앉아 있었지만 조금씩 긴장을 풀고 눈을 감더니 나에게 기댔다. 나는 알리시아의 숱 많은 머리를 계속 빗어 내렸다.

알리시아가 잠이 든 후, 나는 앉아서 안토니오가 힘겨운 잠에 빠져 신음하며 뒤척이는 걸 봤다. 안토니오는 가쁜 숨을 쉬었고, 가슴을 만져 보니 심장이 북처럼 거세게 뛰었다. 엄마나 아빠가 옆에 있어서 어떻게 해야 할지 말해 주면 얼마나 좋을까. 안토니오는 도움이 너무나 절실한데, 나는 아무것도 해 줄 수가 없었다. 쿠란데로가 있는 마을은 너무 멀리 떨어져 있다. 그리고 쿠란데로가 있다 해도 과연 이런 상태의 안토니오를 낫게 해 줄 수 있을지는 알 수 없었다.

우리가 할 수 있는 일은 자는 것밖에 없었다. 나는 코르테를 벗어 우리 세 사람 몸 위에 담요처럼 덮었다. 눈을 감자 내 몸이 어딘가로 둥둥 떠가는 것 같았다. 얼마나 오래 잤는지 알 수 없었다. 눈을 떠 보니 아직도 캄캄한 밤이었다. 알리시아는 내 옆에 누워 훌쩍이면서, 자기 무릎을 끌어안고 덜덜 떨었다. 따뜻한 밤공기가 춥게 느껴지기라도 하는 듯했다. 안토니오는 발작적으로 신음하다가 마침내 엎드리더니 끙 하는 신음 소리와 함께 무릎을 꿇고 일어나 앉았다.

"어때?"

"너무 아파. 배에 불이 붙은 것 같아."

동생한테 내가 느끼는 무력감을 드러낼 수는 없었다. 나는 상처에서 송진을 조심스레 떼어 내고 피를 닦아 냈다. 안토니오가 누워 있던 자리는 피가 흥건히 쏟아져 엉겨 있었다. 나는 차가운 물수건으로 안토니오의 이마를 닦아 주고, 조심스레 움직이며 쇠약해진 동생을 어떻게든 보살피려고 애썼다.

알리시아 앞에서는 끔찍한 이야기를 꺼내지 않으려고 했지만, 알리시아가 잠들었기 때문에 안토니오에게 물었다.

"무슨 일이 있었는지 얘기할 수 있겠니?"

안토니오는 양 손으로 배를 움켜잡았다.

"마을 근처에서 일하고 있는데 사방에서 군인들이 들이닥쳤어. 도망간 사람은 몇 안 돼. 숲으로 뛰다가 알리시아가 내 뒤에서 소리를 지르는 걸 들었어. 시내에서 멱을 감고 있었던 거야."

안토니오가 얼굴을 찡그렸다.

"알리시아, 하고 불렀는데 그때 총에 맞아. 처음에는 벌에 쏘인 줄 알았는데 피가 막 흐르는 거야. 나는 달려가서 알리시아를 안고 뛰어 수풀 속에 숨었어. 거기 있다가 누나를 만난 거야."

나는 안토니오의 손을 잡고 무한한 애정을 느끼며 어둠 속에서 동생의 얼굴을 보았다. 늘 소극적이고 뒤편으로 물러나 있기만 하던 동생이다. 그런데 그 아이가 지금 동생의 목숨을 구하고 어둠 속에 상처를 입고 쓰러져 있다. 안토니오는 전혀 겁쟁이가 아니다.

"네가 너무 자랑스럽다. 엄마 아빠도 자랑스럽게 생각하셨을 거야."

내가 말했다. 내 말이 안토니오의 고통을 조금 덜어 준 것 같았다.

알리시아는 우리 말소리에 잠에서 깼는지 겁에 질린 듯 소스라쳐 일어났다. 나는 알리시아를 내 옆으로 끌어당겨 안아 주었다. 우린 지옥에 갔다 왔지만 그래도 여전히 한 가족이다.

나는 안토니오가 너무 힘들어하면 달래 주기 위해 자지 않으려고 애썼다. 안토니오는 의식을 잃었다 찾았다 했고 상처에서 역한 냄새가 났다. 안토니오는 얕은 숨을 내쉬었다. 이마에 땀방울이 맺히고 고통으로 얼굴이 일그러졌다.

나는 숲에서 나는 소리와 안토니오의 신음 소리를 들으며 자지 않고 누워 있었다. 몇 번은 깜박 잠이 들었다가 개구리, 귀뚜라미, 바람 소리에 깨어났다. 안토니오의 힘겨운 숨소리가 숲 속의 조화를 깨뜨렸다. 안토니오는 가느다란 빨대로 숨을 들이쉬듯 쇠약한 몸 안에 공기를 들이마실 때마다 쌕쌕거렸다.

동이 트기 전에 나는 또 잠이 들었다. 잠에서 깨었을 때는 귀뚜라미 소리밖에 들리지 않았다.

안토니오의 고통은 끝이 났다.

나는 생명이 떠난 안토니오의 몸 옆에 꿇어앉아 소리 없이 눈물을 흘렸다. 어둠 속에서도 안토니오의 얼굴에 고통의 기색이 사라지고 입가에 고요한 평화가 깃든 것을 볼 수 있었다. 나는 알리시아가 깰 때까지 안토니오의 옆에 있다가, 알리시아가 깨자 그 애를 품에 안았다.

"안토니오 오빠는 저세상으로 갔어. 무슨 말인지 알겠니?"

알리시아는 대답 없이 안토니오를 쳐다봤지만, 커다란 눈을 힘들게 깜박거렸다. 마침내 나는 일어서서 안토니오의 셔츠를 벗기고 피에 물든 아랫부분을 뜯어 버렸다. 소매를 접어 올리고 벌거벗은 알리시아의 조그만 몸에 너덜너덜한 셔츠를 입혔다. 알리시아가 입으니 드레스처럼 길게 내려왔다.

그리고 막대를 들고 전에 무덤을 파느라 온통 물집이 잡힌 손으로 얕은 무덤 하나를 더 팠다. 나는 울분을 터뜨리듯 땅을 마구 쑤셔 댔다. 내 동생을 묻어야 하는 이 땅은 신성한 땅이 아니다. 왜 이런 일이 일어난 걸까? 다들 죽고, 나는 살아서 이 모든 걸 겪어야 하다니. 하느님이 미친 것일까? 안토니오의 목숨을 구하기 위해 내가 할 수 있는 일은 없었을까? 동생의 몸을 마지막 쉴 자리에 굴려 넣는 동안 이 같은 생각이 머리에서 떠나지 않았다.

전쟁 중에 태어난 아기

아침 햇살이 나무 사이로 반짝일 때 알리시아와 나는 안토니오의 무덤을 뒤로 하고 다시 걷기 시작했다. 나는 뒤돌아보지 않고 2백 킬로미터 넘게 떨어진 멕시코 국경을 향해 북쪽으로 걸었다. 그렇게 멀리까지 가야 한다니 겁이 났지만, 그 밖에 다른 무슨 방법이 있겠는가? 어떤 마을에 가도 어떤 읍내에 가도 안전하지 않았다.

어두워질 때까지 기다렸다가 움직이는 게 안전하겠지만, 안토니오가 죽은 곳에서 한시바삐 떠나고 싶었다. 마음속 깊은 곳에는, 엉엉 울다가 잠에서 깨어 엄마한테 모든 게 꿈이었다는 말을 듣고 싶은 생각밖에 없었지만, 알리시아 때문에 나는 무너지지 않으려고 버텼다.

우리는 빨리 걷지는 않았지만 하루 종일 걸었고 밤에도 계속 좁은 길을 따라 걸었다. 버찌를 따거나, 나무뿌리를 먹거나, 시내가 나오면 물을 먹기 위해 멈춘 것 말고는 쉬지 않았다. 발에 물집이 잡혀

빨리 걸을 수 없었고 지쳐서 자꾸 비틀거렸다. 그날 밤이 깊었을 때 드디어 알리시아가 더는 걷지 못할 지경이 되었다. 울창한 수풀을 찾아 그 안에서 잤다. 굶주려서 배가 아팠지만 그래도 우리는 정신없이 잠에 빠져들었다.

사흘 동안 우리는 완만한 언덕 사이로 난 울퉁불퉁한 길을 따라 계속 걸었다. 주로 밤에만 움직였다. 나무 열매와 뿌리만 먹었고 낮에는 잠을 잤다. 말을 하게 하려고 계속 달래 보았지만 알리시아는 입을 열지 않았다. 쉴 때마다 알리시아는 넋이 나간 것처럼 앉아 있었고 나는 머리를 빗겨 주면서 조용히 노래를 불러 주었다.

걷기 시작한 지 나흘째 되는 날 처음으로 다른 사람을 만났다. 그날 동이 트기 전에 앞쪽에서 어떤 여자가 키체 어로 가느다랗게 외치는 소리가 들렸다.

"도와주세요! 제발 도와주세요!"

군인들이 놓은 덫일지도 모른다고 생각해서 나는 알리시아를 꼭 붙들고 도망칠 준비를 하며 귀를 기울였다.

"도와주세요, 제발."

여자 목소리가 다시 들렸다. 나는 알리시아의 손을 꼭 쥐고 조심스레 다가갔다. 길 가까이에서 만삭의 젊은 여자가 코르테를 펼쳐 놓고 그 위에 누워 있었다. 여자의 배는 커다란 수박처럼 볼록 나와 있었고 살진 허리 아래쪽으로는 아무것도 입지 않았다. 벌거벗은 다리를 쫙 벌리고 무릎을 구부리고 누워 있었다. 내가 서 있는 곳에서도 거친 숨소리가 들렸고 얼굴이 고통으로 일그러지고 땀을 흘리는 게 보였다.

"도와주세요."

여자는 나를 보고 헐떡이며 말했다. 말을 하면서도 여자는 고통으로 얼굴을 일그러뜨리며 둥근 배를 움켜잡았다.

"제가 어떻게 도와 드려요? 애기 낳는 것을 한 번도 본 적이 없어요."

나는 다가가 옆에 무릎을 꿇고 앉으며 말했다.

"아길 받아 줘요."

여자가 외쳤다. 시키는 대로 아줌마의 다리 사이에 무릎을 꿇고 앉긴 했지만 어떻게 해야 할지 몰랐다. 우리 마을에서 여자아이들은 많은 일을 한다. 옷도 짜고, 물도 길어 오고, 옥수수도 갈고, 바닥도 쓸고, 토르티야도 만든다. 엄마 일을 많이 거들지만, 아기 낳는 것만은 도와준 일이 없다. 그건 산파들이 하는 일이고 남자 어른도 그 일은 거들지 못하게 되어 있다.

마을에서는 엄마가 아기 낳는 걸 산파가 돕는 동안 아이들은 가까운 숲에 숨었다. 우리는 낄낄대기도 하고 놀라 눈을 크게 뜨기도 하면서, 왜 엄마가 저렇게 비명을 지르고 신음할까 궁금해했다. 가끔은 서로 귓속말로 무슨 일이 벌어지고 있을까 속닥이기도 했다. 짓궂은 남자애들은 돼지 잡는 소리라고 했다.

누워 있던 아줌마는 갑자기 고통이 사라지기라도 한 듯 잠시 동안은 긴장을 풀었다. 그러더니 다시 힘을 주고 끙끙거리며 고통스러운 듯 비명을 질렀다. 나는 놀라서 물었다.

"어디가 아파요?"

그러나 아줌마는 대답을 할 수 없었다.

다시 진통이 사라지고 나자 아줌마가 말했다.

"거의 다 됐어."

나는 아줌마의 몸을 쳐다봤다. 저렇게 작은 구멍으로 어떻게 아기가 나온다는 걸까? 그렇지만 말없이 기다렸다. 아줌마는 힘을 줄 때마다 점점 더 큰 소리로 비명을 질렀기 때문에, 나는 아줌마가 죽어 가는가 보다고 생각했다. 그러나 아줌마는 마침내 이렇게 외쳤다.

"나온다! 나온다!"

아줌마의 다리 사이에서 아기가 나오려고 하는 게 보였다. 무서웠다. 아줌마의 위장이나 장이 삐져나오는 것 같았다. 돌아보니 알리시아가 눈을 크게 뜨고 입을 떡 벌리고 바라보았다. 무슨 일이 벌어지는지 설명해 줄 시간이 없었다. 알리시아는 또 하나의 죽음을 보는 거라고 생각했을지도 모른다.

아줌마는 다시 신음 소리를 내며 자기 허벅지를 움켜쥐었다. 아줌마는 더 세게 힘을 주면서 산소가 부족한 듯 힘겹게 숨을 몰아쉬었다. 얼굴에서 굵은 땀방울이 뚝뚝 떨어졌다. 다리 사이에 튀어나온 것이 더 커졌다. 무언가가 다른 세상에서 뚫고 나오는 것 같았다. 공이 밀려 나오는 것 같기도 했다. 아줌마는 더 거칠게 헐떡였다.

"받아."

아줌마가 외쳤다. 나는 떨면서 손을 내밀었다. 갑자기 아기 머리가 쑥 튀어 나왔고, 그다음 한쪽 어깨가, 그리고 다른 쪽 어깨도 나왔다.

아줌마가 으으윽 소리를 지를 때마다 아기가 조금씩 내 손으로 미끄러져 들어왔다. 가슴과 배가 나오자 나는 아기를 잡아당겼다. 다리가 천천히 빠져 나오고 어느새 내가 아기의 몸뚱이를 전부를 손으로 들고 있었다. 여자 아기였다. 쪼글쪼글한 아기의 작은 몸은 온통 핏물과 끈끈한 흰색 물질로 덮여 있고 아줌마 다리 사이에서 나온 길고 배배 꼬인 탯줄이 아기의 배에 연결되어 있었다.

"어떡하죠? 숨을 안 쉬어요."

다급해져서 내가 물었다. 아줌마는 겨우 고개를 들고 바라봤다.

"손가락으로 입 속을 씻어 내."

아줌마가 내뱉듯 말했다. 아기가 죽었을지도 모른다고 생각하며 나는 아기의 입에 손가락을 집어 넣었다. 손가락으로 끈끈한 점액 같은 것을 끄집어냈지만 아기는 여전히 숨을 쉬지 않았다. 아기가 처음부터 죽은 것처럼 보였기 때문에 나는 놀라지 않았다. 우리 집 양도 죽은 새끼를 낳은 적이 있었다.

"거꾸로 들고 궁둥이를 쳐."

아줌마가 말했다. 나는 미끌거리는 아기의 발목을 쥐고 위로 들었다. 놓칠까 봐 무서웠다. 나는 어설프게 아기의 등과 엉덩이를 찰싹 때렸다. 아기는 여전히 죽은 듯 움직이지 않았다. 그러다 갑자기 숨을 헉 쉬더니 다급하게 쨍하고 울었다.

나는 깜짝 놀라 아기를 떨어뜨릴 뻔했다. 하도 긴장하고 겁먹었던 터라 긴장이 풀리며 웃음이 나왔다.

"이제 어떻게 해요?"

내가 물었다. 아줌마는 또 가까스로 고개를 들었다.

"탯줄을 끊어. 그리고 매듭을 지어야 해. 안 그러면 아기가 피를 흘려서 죽어."

약한 목소리로 아줌마가 웅얼거렸다. 나는 주위를 둘러보았다.

"뭘로 탯줄을 끊어요?"

내가 물었지만 아줌마는 너무 지쳐서 대답도 하지 못했다. 나는 사방을 다시 둘러보았다. 알리시아는 눈을 휘둥그레 뜨고 앉아 나를 봤다. 나는 아기를 코르테 위에, 엄마 다리 사이에 올려놓고 일어섰다. 마체테도 없는데 어떻게 자르지?

근처에서 찾을 수 있는 거라곤 잎이 넓은 선인장인 마게이(멕시코 원산의 용설란과 식물로 잎이 질기고 잎 가장자리에 가시가 있다―옮긴이) 밖에 없었다. 나는 뾰족하고 날카로운 잎날에 손을 베지 않게 조심하면서 뻣뻣한 잎을 하나 꺾어 얼른 아줌마가 있는 곳으로 갔다. 아줌마는 눈을 감고 있었지만 지친 암소처럼 여전히 가쁜 숨을 쉬었다.

아기가 무척 큰 소리로 울었기 때문에 군인들이 그 소리를 듣지나 않을까 걱정되었다. 나는 뾰족뾰족한 마게이 잎으로 탯줄을 잘랐다. 잘라진 양쪽 끝에서 피가 나왔다. 나는 아줌마 쪽 끝을 꼭 누르고 아기의 탯줄을 묶으려 했다. 쉬운 일이 아니었다. 떨리는 손에서 탯줄이 자꾸 미끄러졌다. 그러다 드디어 매듭을 만들고는, 피가 흐르는 탯줄 끝을 이빨로 물고 당겨 단단히 묶었다.

아줌마 쪽 탯줄도 마찬가지로 묶은 다음에 아기를 들어 올려 아줌마의 가슴 위에 올려놓았다. 아줌마는 눈을 뜨고 힘없이 아기를 쳐다보았지만 너무 지쳐서 팔을 들어 아기를 안을 기운도 없는 것 같았다. 얼굴은 창백하고 몹시 아파 보였다. 아기는 계속 울었다. 그래서 나는 아줌마의 위팔을 위로 올리고 아기 입을 아줌마의 부풀어오른 젖꼭지에 갖다 댔다. 아기는 계속 울고 싶은 것 같았지만 입에 엄마 젖꼭지가 와 닿자 울음을 멈추고 빨기 시작했다.

나는 탈진한 아줌마 옆에 앉아 씻기지도 않은 아기가 젖을 빨 수 있게 잡아 주었다. 아기는 쭈글쭈글하고 피와 양수와 끈끈한 흰 점액으로 얼룩져 있었지만 그래도 아름다웠다. 내가 본 광경이 어찌나 신비로운지 나는 숨이 멎을 것 같았다. 너무나 무서우면서도 가슴 설레는 일이었다. 온통 죽어 나가는 소용돌이 속에서 새 생명이 태어난 것이다.

아기는 잠시 젖을 빨더니 다시 더 큰 소리로 울었다. 나는 아기 입을 또 아줌마 가슴에 갖다 댔지만, 아기는 고집스럽게 고개를 돌리고 앵앵 울어 댔다. 앵 하는 소리가 매의 등장을 알리는 토끼의 울음소리처럼 정적을 갈랐다. 나는 군복을 입고 총을 든 매가 나타나지는 않을까 두려웠다.

아기를 어떻게 하면 좋을지 물어보려 했으나 아줌마는 의식을 잃어 가고 있었다. 이제 허덕허덕 얕은 숨을 쉬었다. 나는 겁에 질려 뒤를 돌아봤다. 골짜기 너머, 1킬로미터 가량 떨어진 산비탈을 따라 군복을 입은 40, 50명의 군인이 일렬로 걷는 게 보였다. 아직 아기가 우는 소리를 들은 것 같지는 않았지만 그 길로 오다 보면 풀밭에 죽은 듯 누워 있는 아줌마 옆을 지나게 될 것이 분명했다.

반쯤 벌거벗은 여자와 아기를 보면 군인들이 어떻게 할지 상상하기조차 싫었다.

"군인들이 와요."

나는 정신을 잃은 아줌마를 보며 절박하고 날카롭게 속삭였다. 겁에 질려 그냥 달아나고 싶은 생각뿐이었지만, 알리시아를 옆으로 불러 울부짖는 아기를 안겼다.

"안고 있어. 아줌마를 숨겨야 돼."

알리시아는 아기를 안고 나는 아줌마의 손목을 잡고 숲 속 깊이 끌고 가 길에서 보이지 않는 덤불 속에 숨겼다. 알리시아는 우는 아기를 안고 따라왔다.

나는 아줌마를 흔들어 깨우려 했다.

"아기, 어떻게 해요?"

내가 호소하듯 물었다. 아줌마의 고개가 옆으로 떨어졌다. 아줌마를 다시 흔들었지만 깨어나질 않았다. 나는 미친 듯이 주위를 돌아봤다. 우는 아기를 두고 갈 수는 없었다. 곧 군인들이 올 것이다.

나는 아줌마의 윗필을 벗겨 그걸로 아기를 감쌌다. 아침 공기 속에 떼 지어 몰려드는 모기와 파리 떼로부터 아줌마를 보호하기 위해 짙은 색 코르테를 몸 위에 덮어 주었다. 아줌마가 죽어 가는 것 같았지만 내가 할 수 있는 일이 더는 없었다. 옆에다 두고 갈 물도 없고 먹을 것도 없었고, 시시각각 군인들이 가까이 오고 있었다. 도망가야 했다.

나는 우는 아기를 알리시아한테서 받아 안고, 의식을 잃은 아줌마를 다시 한 번 돌아보고, 군인들이 오는 반대쪽으로 숲을 향해 달렸다. 나는 아기를 안고 알리시아의 손을 잡고 최대한 빨리 달렸다. 길을 가로지를 때도 있었지만 길을 따라 갈 엄두는 내지 못했다. 나무가 드문드문해져 사방이 트인 곳을 달려야 할 때도 있었다. 그럴 때면 너무나 무서웠다. 나는 그제야 멈춰서 숨을 골랐다. 아기는 여전히 내 품에서 울었다.

나는 아기를 들어 올려 눈을 마주 보았다.

"조용히 해, 아가야! 네 목숨을 구하려고 그러는 거야. 살고 싶으면 날 도와줘야 돼. 난 네 엄마도 아니고, 세상은 언제나 친절하기만 한 건 아냐."

내 말을 알아들었을 리는 없지만, 아기는 딸꾹질을 하더니 울음을 멈추고 나를 보았다. 아기를 보면서, 군인들도 처음 태어났을 때는 이렇게 작고 연약하고 순진무구한 존재였을까, 정말 그랬을까 하는 생각이 들었다. 대체 무엇이 인간을 그렇게 타락하게 만들었을까?

나는 아기를 가슴에 안고 천천히 흔들면서 엄마가 불러 주던 노래를 불렀다.

자장 자장 아가,
울지 마라.
새들도 노래하고,
교회 종도 울리네.

자장 자장 아가,
슬퍼 마라.
무서워하지 마라.
엄마가 여기 있네.

노래를 부르자 울음소리가 잦아들더니, 아기는 훌쩍거리다가 내 어깨 위에서 스르르 잠이 들었다. 나는 숨을 멈췄다. 군인이 어디에 있을지 모른다. 나는 천천히 걸으며 팔로 아기를 흔들면서 작은 소리로 콧노래를 불렀다. 알리시아는 내 코르테 자락을 붙들고 따라왔다.
 아침 해가 머리 위로 높이 떠올라 공기를 덥히고 새까만 모기 떼를 불러왔다. 나는 아기 얼굴에서 모기를 쫓았다. 아기가 다시 깨어났는데 상태가 좋지 않아 보였다. 아기는 내 팔에서 무겁게 축 늘어졌다. 기운이 없어 울지도 못했다. 나는 아기를 안고 뱅뱅 돌면서 손가락으로 갓난아기의 작은 뺨을 쓸었지만 어떻게 해야 할지 알 수 없었다. 아기는 젖을 빨아야 할 테지만, 아줌마가 지금까지 살아 있을 것 같지도 않고 아마 군인들이 이미 아줌마를 발견했을 것이다.
 우리는 계속 걸어 작은 시내에 다다랐다. 나는 시냇물에 위필자락을 적셨다. 그리고 조심스레 아기 입에 물을 짜 넣었다. 아기는 물을 뱉고 고집스럽게 얼굴을 돌렸다. 다시 물을 먹여 보려 했지만 소용없었다. 하는 수 없이 나는 아기를 다시 들어 올리고 얼굴을 마주 보고 말했다.
 "내 말 들어 봐, 아가. 네가 우릴 사랑한다면 살 수 있을 거야.

아니라면, 죽고 말 거야. 어떻게 하든 네 맘대로 해. 하지만 빨리 결정해라. 내 동생, 알리시아도 돌봐야 하니까."

아기는 우릴 사랑했던 모양이다. 아기는 내 손가락을 빨기 시작했고 손가락을 따라 흘러내리는 물을 받아먹었다. 나는 계속 위필자락을 시냇물에 적셔서 물을 짜 넣었고 마침내 아기는 다시 잠이 들었다.

아기가 목숨을 지탱하려면 물만 가지고는 안 된다는 건 알았지만 그것 말고는 줄 것이 없었다. 계속 걷다 보니 숲이 끝나고 헐벗은 언덕이 나왔다. 언덕 너머 넓은 분지에는 전에 본 적이 없는 큰 마을이 있었다. 내가 장에 물건을 팔러 가던 읍과 비슷한 모습이었다. 언덕에서 내려다보니 중앙 광장이 거대한 둥지 가운데처럼 오목하게 보였다. 광장 주위에 큰 군청 건물, 학교, 교회, 노천시장, 티엔다들이 늘어서 있었다. 티엔다는 나무 지붕을 얼기설기 세우고 비닐 천막을 치고 테이블 하나를 갖다 놓은 작은 가게다. 갈색 흙벽돌로 지은 집이 사방으로 쭉 퍼져 있었다. 붉은 타일이나 녹슨 철 지붕을 덮어 비를 가리는 집이다.

장이 서는 날이었다. 사람들이 거리에 몰려 나와 있고 가게에 과일 등이 높이 쌓여 있었다. 교회에서 종소리가 울려 광장 사람들에게 미사 시작을 알렸다. 읍내 모습을 보니 이상한 생각이 들었다. 아무런 위험이 없는 듯 사람들은 변함없이 살아가고 있었다. 이 마을은 우리 마을하고 다른 곳인가? 알리시아는 건물이 눈에 들어오자 겁이 났는지 내 손을 놓고 뒤로 물러섰다.

알리시아와 아기를 데리고 읍내로 들어갈까도 생각했지만 좋은 방법이 아닌 것 같았다. 나는 낯선 사람이었다. 군인들이 있다면, 겁에 질린 여자아이와 거의 죽어 가는 갓난아기를 데리고 마을에 들어선 낯선 여자아이를 어떻게 생각하겠는가? 내 얼굴을 알아보는 군인이 있을지도 모른다.

나는 언덕 위에 서서 읍내를 내려다보았다. 결정을 내리지 못해 속이 울렁거렸다. 아기를 어떻게든 살려야 하고 아기 엄마도 마찬가지다. 시장에서 아기한테 줄 염소젖을 얻을 수 있을지도 모른다. 아기는 내 품에서 깊이 잠들어 있다. 마누엘 선생님이 전에 한 말이 생각났다.

'가브리엘라, 네가 어떤 결정을 내릴 때, 그 결정 자체가 옳거나 그른 것은 아니란다. 그 결정에 따라 어떻게 하느냐에 따라 그걸 옳은 결정으로 만들 수도 있고 그른 결정으로 만들 수도 있어.'

나는 마을 어귀에 알리시아와 아기를 잠깐 동안 남겨 두고 장에 갔다 오기로 했다. 아기에게 먹일 염소젖과 아줌마를 도와줄 사람을 얼른 구하고, 아기가 깨기 전에 돌아올 참이었다.

민가 가까이 조그만 수풀이 있는 곳까지 걸어가서 빽빽한 수풀 아래에 알리시아를 숨겼다.

"아기가 울면 살살 흔들어 줘. 무슨 일이 있어도 여기서 나오면 안 돼."

내가 말했다. 알리시아는 대답을 하지도 고개를 끄덕이지도 않았지만, 잠이 든 아기를 품에 꼭 안았다.

"빨리 올게."

나는 이렇게 약속하고 돌아서서 읍내로 달려갔다.

광장 가까이 가자 음악 소리와 마림바 소리가 들렸다. 우리 마을에서는 늘 아빠가 마림바를 연주했는데. 익숙한 소리가 들리자 온갖 추억이 밀려들었다. 내 주변에는 가족들, 동물들이 있었고 뛰노는 아이들이 있었고 음식 냄새가 났다. 순간적으로 나는 그동안 있었던 모든 일을 잊고 싶었다. 아무도 죽지 않은 듯이 새롭게 삶을 시작하고 싶었다. 몽상에 빠지면서도 마음 한구석으로는 알리시아가 아픈 아기를 안고 나를 기다린다는 생각을 했다.

광장으로 달려가 장에 가니 장사꾼들이 줄을 서서 서로 물건을 바꾸고 있었다. 이렇게 많은 음식은 처음 봤다. 색색깔의 과일과 채소가 담긴 수레가 늘어서 있고 커피콩, 쌀, 옥수수가 그득한 통이 쌓여 있었다. 생고기가 갈고리에 걸려 있고 병에 담긴 음료와 초콜릿을 진열해 놓은 가판대도 보였다. 가축을 파는 장사꾼도 있었다. 닭, 토끼, 염소, 깍깍대는 앵무새까지. 나는 염소가 있는 쪽으로 갔다. 우리 마을에서 아기 엄마가 아프면 할머니들이 아기에게 염소젖을 먹이는 걸 본 적이 있다.

내가 다가가자 상인들이 놀란 눈으로 나를 쳐다봤다. 헝클어진 머리, 흙투성이에 피가 얼룩진 위필, 더러운 코르테를 입은 유령이 나타났으니 말이다. 나쁜 마음이 있어서가 아니라 호기심에서 나를 쳐다본다는 걸 느낄 수 있었다. 어떤 사람이 나에게 가까이 오라고 손짓을 했다.

망설이다가 다가갔다. 그 사람이 토르티야와 닭고기 한 조각을 주었다. 또 다른 사람은 코카콜라 한 병을 주었다. 나는 먹을거리를 입에 쑤셔 넣고 음료수도 여자애답지 않게 벌컥벌컥 마셨다. 어떤 사람은 오렌지 두 개를 주었는데 그건 알리시아를 위해 위필 안에 숨겼다. 나는 먹을 것을 우물거리며 염소를 데리고 있는 사람에게 키체어로 말했다.

"엄마가 죽어서 갓난 동생한테 먹일 염소젖이 필요해요."

차마 그 이상의 진실을 말할 수가 없었다.

남자는 의아하다는 듯한 표정으로 나를 보았다. 남자가 입을 열자 그 사람은 익실족(과테말라의 마야 민족 중 하나—옮긴이)이어서 키체어를 모른다는 걸 알 수 있었다. 나는 조심스레 에스파냐 어를 한두 마디 했는데 남자는 그것 역시 못 알아들었다. 그래서 나는 염소젖이 담긴 조그만 호리병박을 가리켰다. 남자는 망설이다가, 따뜻하게 웃으며 염소젖병을 주었다. 나는 고개를 숙여 감사 인사를 하고 병을 조심스레 들고 다시 광장을 가로질러 돌아갔다.

여전히 아무도 믿을 수가 없었다. 누군가 내 어깨를 살짝 건드려서 나는 소스라치게 놀랐다. 돌아보니 나이 많은 수녀 한 분이 나를 보고 있었다. 얼굴에 깊은 주름이 패어 있었다. 피부는 바싹 마른 오렌지처럼 쭈글쭈글했고 어깨는 눈에 보이지 않는 짐을 진 듯 축 처져 있었다. 수녀님은 나에게 미소를 지었다. 가는 눈에 호기심과 친절함이 가득했다.

"안녕, 나는 로페스 수녀란다."

수녀님이 에스파냐 어로 말했다.

신부로 가장한 군인을 본 적은 있지만, 수녀복을 입은 군인은 본 적이 없었다. 저렇게 친절해 보이는 표정을 꾸며 댈 수 있는 군인이 있을까. 나는 조심스럽게 입을 열었다.

"저는 가브리엘라예요."

"인디오치고는 에스파냐 어를 잘 하는구나."

수녀님이 말했다.

"도와주세요. 오늘 아침에 제 동생하고 같이 가다가 들판에서 혼자 아기를 낳는 아줌마를 봤어요. 아기 낳는 걸 도와줬지만 군인들이 오고 있어서 아줌마는 숨겨 놓고 아기를 데리고 여기로 도망쳤어요. 제 동생이 마을 어귀에 아기랑 같이 숨어 있어요."

수녀님이 고개를 끄덕였다.

"같이 가 보자."

수녀님이 나를 따라오는데 갑자기 허공에 총소리가 울렸다. 그리고 비명 소리가 들렸다. 우리는 주위를 돌아보았다. 좁은 옆길에서 군인들이 갑자기 나타나 공중에 총을 쏘아 대며 사람들을 광장 한가운데로 몰았다. 익실족 부부가 군대의 명령을 무시하고 도망가려고 뛰기 시작했다. 군인 둘이 총을 겨눴다. 부부는 고꾸라져 땅에 쓰러졌고 더는 움직이지 못했다.

"이리 와."

수녀님이 소리치며 내 손을 잡아당기는 바람에 염소젖이 담긴 호리병이 바닥에 쏟아졌다.

"교회로 가자."

"동생한테 가야 해요."

나는 소리치며 손을 뿌리치고 텅 빈 길을 따라 다시 달렸다.

갑자기 앞쪽에 더 많은 군인이 나타나 사방으로 총을 쏘며 다가왔다. 어떻게든 빠져 나가려고 다시 광장으로 돌아가 반대쪽으로 뛰기 시작했으나, 이미 군인들이 읍내를 완전히 둘러싼 뒤였다.

나는 무작정 광장을 가로질러 광장에 단 한 그루 홀로 서 있는, 잎과 가지가 무성한 커다란 마치치나무로 달렸다. 그리고는 주변에서 무슨 일이 벌어지는지 돌아보지도 않고 나무에 다다르자마자 위로 올라갔다.

땅 위에서는 사람들이 겁에 질린 소 떼처럼 사방으로 뛰어다녔다. 군인들이 사람들을 모두 포위했다. 나는 더 빨리 올라갔다. 숲에는 다른 나무들이 많아서 숨기가 쉽다. 그러나 광장의 마치치나무는 홀로 서서 건물, 거리, 겁에 질린 사람들, 위험한 군인들에 둘러싸여 있었다. 위쪽 가지에 올라선 뒤 나는 무성한 나뭇잎 사이에 숨어 군인들을 내려다봤다. 군인들은 고함을 치고 욕설을 퍼부으며 총을 난사하여 겁에 질린 사람들을 한 곳에 모았다. 군인들이 공중으로 쏴 대는 총알에 맞을까 봐 겁이 났다.

무시무시하고 흉측한 군인들이 읍내의 모든 사람들과 내가 올라탄 나무까지 완전히 둘러쌌다. 나 역시 꼼짝 못 하게 갇혀 버린 것이다.

읍내의 학살

공포로 온몸이 굳어 버렸다. 아래쪽으로 10미터도 안 되는 거리에 군인들이 있었다. 커다란 주먹이 내 목을 누르며 가슴에서 공기를 짜내기라도 하는 듯 숨이 턱 막혔다. 군인들이 고개를 들기만 하면 마치 잎 사이로 나를 볼 수 있을 것이다. 그러나 군인들은 광장에서 미친 듯이 우왕좌왕하는 겁먹은 사람들에게 소리를 지르고 총대를 휘두르느라 바빴다.

나뭇잎 사이로 광장에서 상인들이 가판대 뒤에 몸을 웅크려 숨으려고 하는 게 보였다. 군인들은 그 사람들도 찾아내어 총을 쏴 댔다. 사람들이 가판대 위에 쓰러져 과일, 커피콩, 채소 등이 모두 땅에 쏟아졌다. 염소와 양은 큰 소리로 울며 밧줄에서 벗어나려고 필사적으로 몸을 꼬았다.

사람들이 내가 숨은 나무 가까이에 있는 교회로 달려갔다. 교회

안에서 신부가 나와 사람들에게 침착하라고, 두려워하지 말라고 외쳤다.

"여기는 하느님이 계신 곳이오. 하느님이 우릴 보살펴 주실 겁니다. 만약 군인들이 이곳까지 쳐들어온다 하더라도 우리는 함께 천국으로 갈 것이오."

그날 하느님은 우리의 기도를 들어주시지 않은 것 같다. 한 무리의 군인이 교회 안으로 쳐들어갔다. 총소리가 울리고 신부의 목소리가 더는 들리지 않았다. 교회 문을 통해 사람들이 다시 밖으로 쏟아져 나왔고, 다른 군인들이 그 사람들을 소 떼 몰듯 몰아 다른 마을 사람들이 모인 광장으로 끌고 갔다. 로페스 수녀님도 그 사람들 중에 끼여 있었다.

군인들은 사람들을 광장 한가운데로 모두 몰아넣고 무리를 나누었다. 군인들이 큰 소리로 이렇게 외쳤다.

"남자들은 모두 교회로 들어가라! 칼이나 마체테는 나무 옆에 놓아 두어라! 여자들은 군청 안으로 가라. 아이들은 학교로 들어가라."

"인구 조사를 하는 중이다. 행정에 필요해서 그러니 협조하라."

군인들 중 하나가 외쳤다. 나는 나무 아래쪽에 대고 이렇게 외치고 싶었다.

"그 말 믿지 말아요! 거짓말이에요!"

하지만 나는 한 발도 움직일 수 없었고 찍소리도 낼 수 없었다.

사람들은 군인들의 말에 빠르게 복종했다. 눈에는 공포가 서려 있었고, 어떤 남자들은 가족과 떨어지지 않으려고 했다. 군인들이 그 남자들을 개머리판으로 쳐서 쓰러뜨리고는 의식을 잃었거나 버둥거리는 채로 교회로 끌고 갔다. 남자 셋을 그렇게 쓰러뜨리고 나자 나머지는 두말없이 군인들에게 복종했다.

어떤 아이들이 엄마한테 매달려 떨어지지 않으려 하자 군인들이 우는 아이를 강제로 떼어 내 학교 안에 집어넣었다. 어떤 엄마는 아기를 안고 절박하게 매달렸지만 군인이 총으로 엄마의 팔을 치고는 우는 아기를 한쪽 발만 잡고 대롱대롱 거꾸로 들고 가 버렸다.

시골 사람들과 인디오들을 건물에 모두 몰아넣고 광장이 텅 비자, 군인들이 각 건물 앞에 보초를 섰다. 다른 군인들은 민가에서 땔감을 가져와 광장에 큰 불을 피웠다. 이렇게 더운 날 왜 불을 피우는지 이해가 가지 않았다. 군인들은 세 무리로 나뉘어 한 무리는 학교로, 한 무리는 교회로, 한 무리는 군청으로 갔다. 그리고 건물 앞에 서 있던 보초와 함께 섰다.

염소와 양은 계속 울며 밧줄에서 빠져 나오려 몸부림을 쳤다. 개는 구석에 몸을 웅크리고 숨었다. 군인들은 킬킬 웃으며 사격 연습이라도 하듯 동물들을 하나씩 쏴 죽였다. 사격이 끝나고 동물들이 남김없이 죽자, 잠깐 동안 정적이 감돌았다. 교회에서 남자들이 내보내 달라고, 가족들 곁에 가게 해달라고 애원하는 소리만 들려왔다. 그러나 갑자기 남자들의 호소가 공포에 질린 울음으로 바뀌었고, 교회 안에서 고통에 찬 끔찍스런 비명이 울렸다. 나는 귀를 막았지만 고통의 울부짖음을 멎게 할 수는 없었다.

마을에서 우리 가족이 죽음을 당했을 때도 이런 소리가 들렸을 것이다. 알리시아와 아기는 어떻게 하고 있을까? 개들도 이 소리를 들었을까? 아빠한테 가족을 돌보겠다고 약속했는데, 모두 잃어버렸고, 알리시아마저도 돌보지 못했다. 수풀 속에서 혼자, 겁에 질려, 내가 죽어 가는 아기를 안고 돌아오기만 기다릴 알리시아를 생각하니 가슴이 저미듯 아팠다.

또 다른 비명 소리가 들려와서 나는 여자들이 잡혀 있는 군청 건물 쪽으로 고개를 돌렸다. 군인들이 젊은 여자 하나를 끌고 나왔다. 군인들은 난폭하게 여자를 광장으로 끌고 와 코르테와 위필을 찢고, 속옷까지 찢어 버렸다. 여자는 저항했지만 군인들이 벌거벗은 여자가 버둥거리지 못하게 붙들었다. 여자가 군인의 팔을 물자 군인은 세게 뺨을 후려갈겼다. 나무 위에서도 여자 입에서 흐르는 피가 보였다. 군인들이 줄을 서서 교대로 여자를 강간하며 웃어 대던 모습은 평생 잊을 수 없을 것이다.

그 여자가 당한 일은 너무나 끔찍했다. 정말 용감한 여자였다. 군인들이 돌아가며 여자를 강간하는 동안 단 한 번도 비명을 지르지 않았다. 어떤 군인들은 그 짓을 하면서 여자를 주먹으로 후려갈겼다. 악마처럼 비웃음을 흘리며 여자의 육체와 존엄성을 짓밟는 짐승들에게서 여자는 그저 눈을 감고 고개를 돌리는 것 말고는 아무것도 할 수 없었다.

군인들의 잔인한 웃음소리보다 교회 안에서 들려오는 고통의 비명 소리가 더 컸다. 비명 소리는 점점 더 커지더니 갑자기 완전히 잦아들었다. 그러자 교회 문이 다시 열리고 군인들이 시체 하나를 끌고 와 광장의 모닥불 위에 던졌다. 시체는 온통 피투성이였고 귀와 코, 손가락이 잘려 나가고 없었다.

마지막 군인까지 강간을 멈추자 나는 안도의 한숨을 내쉬었다. 이제는 여자를 풀어 주거나 다른 여자들한테 돌려보내겠지. 그러나 군인 하나가 담뱃불이라도 붙이려는 듯 어슬렁어슬렁 나오더니 권총을 꺼냈다. 총소리가 광장에 울려 퍼질 때 나는 재빨리 고개를 돌렸다. 다시 내려다보자 군인 둘이 여자의 시체를 모닥불에 끌어넣는 게 보였다.

나무가 흔들리기라도 하는 듯 온몸이 덜덜 떨렸다. 눈물 때문에 앞이 흐려져서 잘 보이지 않았다. 비명이 터져 나오려는 걸 가까스로 삼켰다. 토할 것 같았지만 거기서 토할 수는 없었다. 한참 동안 가지에 매달려 분노와 공포로 허덕였다. 적어도 그 여자의 고통은 이제 끝났다. 마누엘 선생님이 맞아 죽었을 때와 같은 안도감을 느꼈다.

곧바로 다른 여자 하나가 끌려나왔고 강간이 계속되었다. 군인들은 서로 먼저 하겠다고 다투었다. 나는 몇 시간 동안 마치치나무에 매달려 시체가 불에 던져지는 걸 봤다. 군인들은 칼로 시체에서 금니를 도려낸 다음 굶주린 불길에 던져 넣었다.

눈을 감고 싶었지만, 들키거나 떨어질까 봐 무서웠다. 대신 두 귀를 틀어막았지만, 절박한 비명과 고통의 신음 소리는 계속 들려왔다. 여러 가지의 다른 마야 어가 비명과 울부짖음과 함께 울려 퍼졌다. 군인들이 지껄이는 소리와 농담은 오직 한 가지 언어, 에스파냐 어뿐이었다.

해가 지기 전에 군인들 몇몇은 마치차나무 아래 모여 음식을 먹거나 그늘에서 낮잠을 잤다. 나는 그림자처럼 얼어붙었다. 저 군인들 중 단 한 명이라도 위를 올려다보면 날 발견할 것이다. 나는 나무껍질과 내 몸과 하늘을 뚫어져라 노려보면서, 나무 아래 드러누운 군인들이 일어나서 다시 악마 짓을 시작할 때까지 움직이지 않으려고 필사적으로 애를 썼다.

처음으로 얼마나 배가 고픈지 깨달았다. 꼬르륵거리는 배를 무시할 수밖에 없었다. 그러나 광장에서 계속되는 잔혹한 행위는 무시할 수가 없었다. 자꾸만 숨이 턱턱 막히고 목구멍에 쓴 것이 치올라왔다. 토하지 않으려고 계속 삼켰다. 나는 끝내 눈을 감고 말았다.

다시 눈을 떴을 때는 해가 이미 졌다. 밤이 오면 군인들도 지쳐서 미친 짓을 그만 하지 않을까 생각했다. 그러나 군인들은 술을 마시기 시작했고 점점 더 난폭해졌다. 사방이 어두워서 광장 저편에서 벌어지는 일은 보이지 않았지만, 절박하고 피에 물든 절규가 밤중 내내 계속되어 극악한 행동을 끊임없이 저지르고 있다는 걸 알 수 있었.

밤 동안에 군인들은 돌아가며 나무 밑에서 잠을 잤다. 거리가 어찌나 가까운지 군인들의 상스러운 소리와 코 고는 소리까지 들릴 정도였다. 나는 군인들이 짐승 같다고 생각했지만 짐승이라도 이런 비명 소리 속에서 잠을 잘 수는 없을 것이다. 나는 다시 눈을 질끈 감고, 비명 소리는 원숭이 소리고 총소리는 천둥소리라고 생각하려 애썼다. 꽃과 저녁노을을 떠올리려고 했지만 그 순간에는 아름다움이 너무 멀리 있어 그것도 힘들었다.

너무 지쳐 욕지기가 올라왔다. 학살이 계속되는 동안 몸이 너무 피곤해져서 나무에서 떨어질까 봐 겁이 났다. 전날 밤 내내 걸었고 낮 동안에 한숨도 자지 못했던 것이다. 또 오줌이 너무 마려웠지만 차마 오줌을 눌 수가 없었다.

비명 소리 때문에 밤새 깨어 있었다. 가끔은 한참 동안 하늘을 올려다보고, 구름이 달 위로 지나며 유령 같은 모양을 만드는 걸 봤다. 별은 하늘에 뚫린 총알구멍 같았다. 얼마 지나지 않아 미칠 듯이 오줌이 마려웠다. 결국, 겨우 6미터 정도 아래에 군인들이 자고 있는데도 나는 살살 오줌을 누어 속옷과 치마를 적셨다.

그러고 나니 다리가 완전히 마비되어 나무에서 떨어질 것 같았다. 나는 조심스레 몸을 움찔거리고 배배 꼬아 사지에 피가 돌게 하려고 했다. 감히 팔다리를 흔들지는 못했다. 밤새도록 말없이 고통스러워했고 마침내 동이 트면서 하늘이 밝아졌다. 해가 뜨는데도 수탉 한 마리 울지 않았다.

아침이 되자 더욱 끔찍한 일이 벌어졌다. 아이들을 학교에서 데리고 나와 부모들을 고문하고 강간하는 모습을 보게 한 것이다. 잔학 행위가 계속되는 동안 군인들의 잔인한 웃음소리가 건물 사이에, 나뭇가지 사이에 울려 퍼졌다.

헬리콥터가 하늘에 떠서 읍내 위를 선회했다. 군인들은 위를 보고 손을 흔들고는 다시 학살을 계속했다. 나는 헬리콥터에서 나를 발견할까 봐 머리 위로 가지를 끌어다가 몸을 숨겼다.

늦은 오전에는 군인들 몇몇이 아이들을 무리로 만들어 군인처럼 막대기를 어깨에 메고 광장을 행진하게 했다. 아이들은 겁에 질려 모두 흐느꼈다. 군인들은 이렇게 소리쳤다.

"우향우! 좌향좌! 제자리에서!"

너무 빨리 멈추거나 반대 방향으로 도는 아이는 대열에서 끌어내 벌을 주었다. 나는 눈을 돌렸다. 이렇게 해서 결국 모든 아이가 끌려 나오자 군인들의 놀이도 끝났다. 살아남은 아이는 하나도 없었다.

내가 보고 있는 잔인한 사태가 악몽의 일부가 아닌지, 나의 상상은 아닌지, 내가 미친 건 아닌지 혼란스러웠다. 인간이 이렇게 잔인할 수는 없는 일이다. 그렇지만 이 악몽에서는 도무지 깨어나려고 해도 깨어날 수가 없었다.

마침내 젊은 여자는 다 죽고 늙고 쭈글쭈글한 할머니들만 남자, 군인들은 화가 나서 할머니들을 광장으로 끌고 나와 옷을 벗겼다. 그중에는 로페스 수녀님도 끼어 있었는데, 수녀라고 해서 다르게 대접하지는 않았다. 군인들은 총을 겨누며 할머니들에게 서커스단의 동물처럼 재주를 넘으라고 명령했다.

로페스 수녀님을 비롯한 대부분의 할머니들은 기품을 저버리지 않고 명령을 따르는 대신 말없이 무릎을 꿇고 앉아 운명을 기다렸다. 군인들은 화가 나서 욕설과 위협을 퍼부었다. 할머니들이 무릎을 꿇고 일어나지 않자 총소리가 울렸고 할머니들의 늙고 연약한 몸이 땅에 쓰러졌다.

움직이지 않고 가지에 앉아 있다 보니 고통이 너무 심해져서, 나무에서 내려가 항복하고 싶은 생각마저 들었다. 위쪽으로 날아오는 총의 불꽃에 몸을 맡기고 싶었다. 이런 광경을 목격하고 나서도 앞으로 계속 살아야 할 이유가 있을까? 그러나 한편으로 나의 분노는 광장의 불꽃처럼 뜨겁게 타올랐다. 복수하는 길은 어떻게든 살아남아 언젠가 내가 목격한 것을 사람들에게 전해 주는 것뿐이다.

몸과 마음이 극도로 피로해져서, 발아래에서 미친 짓이 끊임없이 행해지는 소용돌이 속에서도 나는 꾸벅꾸벅 졸다가 떨어지기 직전에 깜짝 놀라 깨곤 했다. 너무 아파서 비명을 지를 뻔하기도 했다. 나는 한 번 더 옷에 오줌을 쌌다. 가지를 잡은 손에도 힘이 빠져 이제 빗자루도 들어 올릴 수 없을 지경이었다. 침도 삼키기 힘들었다.

불 위에 던진 시체 더미가 작은 언덕처럼 수북했고, 역겨운 누린내가 공중에 가득했다. 이 악마들은 사람만 더 있다면 천 명이라도 죽였을 것이다. 그러나 늦은 오후가 되자 나를 제외한 모든 사람과 짐승이 죽고 없었다. 군인들은 광장 중심에 모였다. 더럽고 찢어진 군복이 피와 검댕으로 얼룩져 있었다. 수염이 길게 자라 거지 떼나 산적 떼처럼 보였다.

군인들은 교회 근처의, 여자들이 빨래를 하는 세면대로 갔다. 군인들은 면도를 하고 교대로 몸과 군복에서 피를 씻어 냈다. 깔끔한 모습으로 아내와 아이들이 기다리는 집으로 돌아가려는 것이다. 그러나 그들의 영혼은 결코 깨끗하게 씻어 낼 수 없을 것이다. 이런 만행을 저지른 이들이 모두 지옥에 떨어지길 나는 빌었다.

마을을 떠나기 전에 군인들은 횃불을 들고 사방으로 흩어져 집집마다 불을 질렀다. 채 한 시간도 되지 않아 온 마을이 우렁우렁 울리며 세상을 집어삼킬 듯 타오르는 불꽃에 휩싸였다. 나무 위에 있는데도 열기가 너무 뜨거워 위팔을 얼굴 위로 끌어올려야 했다. 나뭇가지나 잎에 불이 붙을까 무서웠다.

온통 불길에 휩싸인 마을은 말 그대로 지옥이었다. 군인들은 총을 들고 광장에 집결했다. 훔친 돈과 보석 등으로 배낭이 불룩했다. 마침내, 저녁 무렵 군인들은 일렬로 서서, 하루 일과를 끝마치고 돌아가는 사람들처럼 가뿐하게 불타는 마을을 뒤로 하고 걸어갔다.

그때 나는 이미 모든 희망을 잃었다. 나무 아래로 내려가기가 두려웠지만 내려가지 않을 수 없었다. 몸이 너무 아프고 정신은 멍했다. 나무를 내려가기 시작하자 근육이 쑤시고 얼어붙은 것처럼 굳은 게 느껴졌다. 전날 올라갈 때는 몇 초밖에 걸리지 않았던 나무인데 내려올 때는 한 뼘 한 뼘 조금씩 내려올 수밖에 없었다. 손에 힘이 없어서 팔 전체로 가지에 매달렸다. 한 걸음 디딜 때마다 다리가 휙 꺾일 것 같았다.

바닥까지 3미터 정도 남았을 때 몸에 힘이 빠져 미끄러졌다. 나는 나무에서 떨어졌고, 바닥에 부딪히는 순간 허파에서 바람이 쉭 빠져나갔다. 나는 정신이 멍해져 그 자리에 누운 채 숨을 헐떡이면서, 어디 부러진 데가 없나 살펴보았다. 나는 이틀 동안 숨어 있던 나무를 올려다보고 살아남은 것에 대해 죄책감을 느꼈다. 다른 사람들과 같이 죽었어야 했다.

나무에 올라간 것은 용감한 행동이 아니었다. 끔찍하게 비겁한 행동이었다. 나 말고 다른 사람들은 모두 당당하게 군인들에게 맞섰다.

다른 사람들이 죽어 가는 동안 나는 숨어 있었던 것이다. 나무소녀이기 때문에 겁쟁이가 된 것이다.

  한때는 나무를 통해 하늘에 가까이 다가갈 수 있었다. 그러나 광장에서 나무에 올라갔기 때문에 나는 지옥에 가까워진 것이다. 나는 그날 스스로 다짐했다. 불타는 마을 한가운데, 마치치나무 아래 반쯤 정신을 잃고 쓰러져서, 연기가 하늘을 검게 뒤덮고 시체 타는 역겨운 냄새가 안개처럼 짙게 깔린 가운데, 나는 하늘과 땅과 세상에 남아 있는 모든 신성한 것에 대고 엄숙하게 맹세했다. 다시는 나무에 올라가지 않으리라.

국경을 넘어 멕시코로

 마치치나무 아래 쓰러져 있는데 내 의식이 깨어나 소리쳤다.
 '가브리엘라, 어서 일어나! 알리시아와 아기를 두고 온 곳으로 가야지!'
 일어서려 했지만 꼼짝도 할 수 없었다. 어지럽고 기운이 없었다. 혀가 바싹 마르고 부풀어 올라 입안에 하나 가득이었고 숨을 쉬기가 힘들었다. 온몸 구석구석이 다 아팠다. 나는 기진맥진해 바닥에 쓰러져 끙끙거렸고, 타는 듯한 갈증을 느꼈지만 몸이 움직여지질 않았다.
 마침내 나는 일어서서 술 취한 사람처럼 비틀거리며 광장을 가로질러 시장 쪽으로 갔다. 학살이 휩쓸고 지나간 곳은 남은 것이 거의 없었다. 바닥에 떨어진 과일 몇 개, 까맣게 타서 재가 된 가판대, 흙 위에 얼룩진 핏자국, 악취를 풍기며 썩어 가는 짐승뿐이었다. 남아 있는 빵은 딱딱하게 굳어 있었다. 신선했던 고기도 썩어 버려 죽음의 냄새와 어우러진 고약한 냄새가 풍겼다.

폐허 속에서 헤매다가 썩은 냄새가 나는 물이 담긴 낡은 토기 물병을 발견했다. 갈증이 가실 때까지 미지근하고 더러운 물을 벌컥벌컥 마셨다. 그리고 부서진 가판대 사이를 돌아다니며 과일 한 조각, 소금에 절인 오래된 고기 한 점, 말라비틀어진 과자 등 눈에 띄는 것은 닥치는 대로 입에 쑤셔 넣었다. 또 허리끈을 단단히 조여 매고 나서 위필 안에 먹을 것을 담았다.

그리고 읍내 어귀로 가서 알리시아와 아기를 찾았다. 언제 군인이 나타날지 모르기 때문에 계속 뒤쪽을 돌아보았다. 뛰려고 했지만 뛸 수가 없었다. 기운이 없고 다리에 힘이 빠져 주저앉을 것 같았다.

동생을 두고 온 곳에 다다라 나는 알리시아를 부르며 수풀 아래로 기어들어갔다. 알리시아와 아기가 없었다. 나는 미친 듯이 사방을 헤매며, 딱딱한 땅 위에서 발자국을 찾으려 했다. 최악의 상태도 생각해 보았다. 군인들이 알리시아와 아기를 발견해서 학교에 집어넣었을까? 나는 그 생각을 머리에서 떨쳐 버렸다.

공기가 이상스럽게 차분해서 위험하게 느껴졌다. 나는 알리시아가 아기를 데리고 도망쳤을지도 모른다고 생각했고, 범위를 점점 더 넓혀 가면서 찾아 헤맸다. 뒤쪽 멀리 읍내에서 아직도 짙은 연기가 하늘 높이 치솟았다. 해가 기울어 공기가 차갑게 식었지만 나는 포기하지 않았다.

어둠이 사방을 완전히 뒤덮자, 결국 나는 땅에 쓰러져 울었다. 이제 이 세상에 내가 아는 사람은 하나도 남지 않았다. 어둠 속에서 딱딱한 땅 위에 쓰러져, 내가 알았고 사랑했던 모든 것을 빼앗긴 것을 주체할 수 없어 흐느꼈다. 가족과 친구들과 지난날의 기억이 쉴 새 없이 몰려왔다.

한참 동안 움직이지 않고 땅에 누워 내 영혼이 읍내에서 하늘로 올라간 불꽃들을 따라가길 기다렸다. 거기에서 나도 죽었어야 했다. 이제 모든 게 다 끝나기만을 바랐다. 나의 상처, 고통, 기억, 삶, 모든 것이. 그런데 먼 곳에서 개가 짖고 또 짖었다. 달은 아직도 하늘 높이 떠 있고, 사방에서 귀뚜라미 소리가 합창하듯 울렸다. 나는 여전히 숨을 쉬었고, 질긴 목숨이 쉽게 나를 떠나려 하지 않았다.

마침내 나는 겨우 자리에서 일어섰다. 아직도 하늘을 물들이는 뿌연 불빛 속의 읍내를 돌아보고, 발길을 떼어 북극성을 향해 걸었다. 달리 무엇을 할 수 있겠는가? 여전히 심장은 뛰고 있고, 오늘 밤에는 생명이 나를 떠나 쉴 수 있게 해줄 것 같지 않았다. 이틀 동안 한숨도 자지 못했지만 그날 밤에도 나는 멍한 상태에서 비틀비틀 걸어 나갔다. 술에 취해서 무감각해진 사람처럼, 내 몸이 더는 움직이지 않을 때까지 계속 걸었다.

나는 편안하거나 안전한 곳을 찾아 잠을 청하지 않았다. 아무 데나 그 자리에 쓰러진 채로 정신을 잃고 땅에 엎드렸다. 죽은 듯한 잠에 빠져들어 그날 밤 폭우가 쏟아졌을 때도, 해가 떴을 때도 잠에서 깨어나지 못했다. 해가 중천에 떠서 사방이 달구어졌을 때에야 나는 그 자리에서 몸을 뒤집고 눈을 떴다.

밤새 비가 내려 옷과 머리가 흠뻑 젖었다. 기침을 하며 젖은 땅을 둘러보았다. 나는 여전히 살아 있었다. 살아 있다는 것이 어떤 의미인지는 몰라도. 나는 겨우 일어서서 또 북쪽을 향해 걸었다.

그 뒤 며칠 동안은 충격에서 벗어나지 못했던 것 같다. 그동안에 있었던 일은 걷고, 자고, 울었던 것 말고 아무것도 기억나지 않는다. 걸어가면서 내내 울었다. 그러는 동안 내 곁에는 쓸쓸한 바람, 뜨거운 햇볕, 길고 추운 밤, 끊임없이 울어 대는 귀뚜라미, 지저귀는 비둘기 소리가 있었다. 비둘기 소리를 들은 건 기억이 난다.

읍내에서 가져온 음식을 아껴 가며 먹었고, 시내나 샘이 나오면 마른 빵을 삼키기 쉽게 물에 적셨다. 살고 싶어서 그런 것은 아니었다. 살아 있는 한은 배고픔을 느끼기 때문에 먹었다.

나는 언덕길을 따라 걸어서 사람을 최대한 피하려 했다. 그렇지만 다른 마을에서 학살을 피해 탈출한 사람들도 나와 같은 길을 따라 북쪽으로 걸었다. 누가 길에 나타나면 나는 나무 뒤에 숨거나 뛰어서 도망갔다.

어느 날 발끝을 내려다보며 우울하게 걷는데, 느닷없이 뒤쪽에서 사람 소리가 들려 깜짝 놀랐다. 돌아보니 바로 몇 걸음 뒤에 인디오 가족이 내 뒤를 따라 걷고 있었다. 아줌마, 아저씨, 할머니, 어린아이 하나가 나를 쳐다봤다. 나는 뛰기 시작했지만, 그 사람들의 얼굴에도 나처럼 절망의 기색이 서려 있었다. 이 사람들은 전혀 위험한 존재가 아니었다. 나는 흘깃 뒤를 돌아봤다. 어느 쪽에서도 인사를 건네려 하지 않았고 나는 혼자서 계속 걸어갔다.

하루하루 지날수록 길 위에 인디오가 점점 더 많아졌다. 아줌마,

아저씨, 할아버지, 할머니, 어린아이들. 대부분 나처럼 옷이라고는 몸에 걸친 것 한 벌뿐이었고 가슴 속에 깊은 슬픔을 담고 있는 것 같았다. 다리를 절거나 상처를 입은 사람도 많았다. 병에 걸려 토하거나 땀을 흘리는 사람도 있었다. 매일 해가 뜨면 오븐 속처럼 땅이 달아올랐고, 밤에는 모진 추위가 찾아왔다. 아픈 아기를 업고 가느라 걸음이 자꾸 뒤처지는 사람도 여럿 보였다. 나는 누구에게도 가까이 가지 않았고, 그토록 많은 사람들이 용감하게 죽어 가는 가운데 혼자 살아남은 것에 대한 수치심을 등에 지고 걸었다.

이 많은 사람들이 다 어디에서 온 걸까? 수백 명도 넘었다. 다른 지방의 옷을 입고 다른 지방의 말을 쓰는 사람도 많았다. 그러나 모두가 하나같이 공허한 절망의 표정을 띠었다.

어느 날, 내가 품에 감추어 둔 음식을 먹는데 노인 두 명이 손을 벌리며 구걸을 했다. 나는 고개를 가로젓고 달려서 도망갔다. 또 다른 날에는 할머니 하나가 잃어버린 가족을 찾는다며 나에게 다가왔다. 나는 또 고개를 휘휘 젓고 자리를 피했다. 내가 책임져야 할 가족은 땅에 묻혀 버렸다. 이제 나에게 남은 유일한 책임은 내 배를 채우는 것과 알리시아라는 조그만 여자아이와 결코 원하지 않았던 갓난아기를 찾는 일이다.

며칠 동안 보병 소대가 멀리 떨어진 언덕 경사면으로 지나갔고 멀리에서 총소리가 울렸다. 피난민들 사이에 군인들이 길에 숨어 있다는 소문이 떠돌았다. 그래서 피난민들은 대부분 밤에 걸었다. 밤에 걷는 것은 추운데다가 길이 구불구불하고 바위투성이라 힘든 일이었다.

짙은 구름이 달을 감춘 날은 길을 가기가 더 위험했지만, 군인들의 총보다 더 위험한 것은 없었다.

위험을 무릅쓰고 낮에 이동하는 사람도 있었지만 나는 그러지 않았다. 해가 질 때까지 나무 사이나 동굴, 커다란 바위 뒤에 숨어 있었고 사람들을 피했다. 특히 겁도 없이 불을 피우는 사람이나 소란스러운 아이들을 데리고 있는 사람들 가까이에는 가지 않았다. 읍내에서 가져온 음식이 다 떨어진 다음에는 다른 사람들처럼 낮에는 자거나 산딸기나 호코테(남아메리카 열대 지방에서 자라는 식물로 붉은색 열매가 달린다-옮긴이) 열매를 따거나 파카야(멕시코, 콜롬비아 원산의 야자나무의 일종-옮긴이) 뿌리를 캤다. 파카야 뿌리는 쓴맛이 나는데 엄마 아빠가 먹을 수 있는 거라고 일러 주었다. 나는 낮이고 밤이고 분노와 죄책감에 빠져 헤어나지 못했다.

무리를 지어 가는 사람들 가까이에서 걸을 때면 그 사람들이 나누는 이야기가 들려왔다. 남자들은 상처를 보여 주며 군인에게 잡혀 고문당한 이야기를 했다. 여자들은 대부분 침묵했다. 꽁꽁 묻어 둔 기억을 끄집어내고 싶지 않은 것이다. 피난민들 모두 가족이나 친구를 잃었다고 했다.

나는 혼자 다녔지만 큰 무리에서 멀리 벗어나지는 않았다. 북쪽을 향해 계속 걸었지만 어디만큼 왔는지는 몰랐다. 그저 하루하루 한치 앞을 짐작할 수 없는 무서운 운명에 가까이 다가가고 있다는 것만 알았을 뿐. 과테말라 북쪽 언덕에서 인디오들이 사는 작은 마을을 지날 때도 있었다. 군인들이 숨어 있을지 몰라 차마 마을로 들어설 수는 없었다. 사실 마을에 들어가 봤자 마을 사람들이 너무 가난해서 자기 식구들 먹일 식량도 없을 게 분명했다.

때로는 낯선 사람들이 피난민들에게 다가와 방향을 일러 주고 군인들이 어디에 주둔했는지 알려 주기도 했다. 나는 이 사람들이 군대를 위해 함정을 놓는 게 아닌가 경계했다. 그 사람들 말을 믿었다가는 죽을 수도 있었다. 그렇지만 그 말을 믿지 않는다고 하더라도 죽을 수 있었다. 모든 사람이 끝없는 죽음의 공포에 시달렸고 서로 아무도 믿지 않았다.

남쪽 지방에서 더 많은 학살이 벌어진다는 소문은 계속 떠돌았지만, 며칠 동안 총소리도 들리지 않고 정찰대도 보이지 않았기 때문에 나는 군인들이 마을을 휩쓸고 인디오들을 죽이는 지역은 이미 지났을 거라고 생각했다. 여전히 두렵고 불안했지만 낮 동안에 이동하기로 했다. 걷기는 훨씬 편했지만 마체테를 가진 사람은 늘 허리춤에 차고 있는 걸 보고 나도 커다란 지팡이를 하나 들었다. 사람 소리가 들리거나, 숲에서 나뭇가지 부러지는 소리가 들리거나, 매가 우는 소리만 들려도 나는 화들짝 놀라 주위를 돌아보았다. 군인들이 드디어 따라왔구나 하고 생각하면서.

북쪽으로 갈수록 먹을 것이 줄어들었다. 하루 종일 먹을 것을 찾아 헤매도 한 끼 분량이 안 되었다. 먹을 것을 구걸하는 사람도 점점 많아졌지만 나는 고개를 돌리고 가버렸다. 사람들이 무서웠고, 다른 사람들한테 기대하는 것도 없었고, 그 사람들한테 도움을 주고 싶은 생각도 없었다. 나는 기억과 분노와 상처로 둘러싸인 외딴 섬에 홀로 있었다.

 이따금 피난길의 아이들을 흘깃 보고, 그 작은 얼굴에 두려움과 굶주림이 절절히 어린 것을 보면 가엾은 생각이 들기도 했다. 아이들의 얼굴을 보면 안토니오, 루벤, 빅토리아, 리디아, 리사, 파블로, 페데리코, 레스테르, 알리시아, 이런 이름을 가진 아이들이 살던 다른 곳의 고통스러운 기억이 밀려왔다. 그렇지만 피난길의 저 아이들은 내가 책임져야 할 아이들이 아니라는 걸 다짐하듯 떠올리곤 했다. 나는 나의 유일한 책임, 알리시아와 아기만을 찾아 헤맸다. 그러나 날이 지날수록 희망은 점점 사그라졌다.

 북쪽으로 더 올라가자 피난민의 행렬이 몇 킬로미터에 이르게 이어졌다. 죽음을 피해 달아난 사람들의 무리가 수천 명에 이르렀다. 그러나 사람들은 여전히 작은 무리로 나누어 움직였다. 나는 한 인디오 무리에 끼여 있었는데 다른 이유는 없고 그저 익숙해졌기 때문이었다. 이제는 그 사람들이 의심스럽게 여겨지거나 군대에서 보낸 첩자가 아닐까 하는 생각이 들지 않았다. 여전히 아무한테도 말을 걸거나, 도와주거나, 무얼 부탁하지도 않았다. 이따금 무리보다 앞서 나가서 알리시아와 아기가 없는지 찾았지만 찾을 수 있을 거라고 기대하지도 않았다. 벌써 몇 주가 지나고 나자 희망을 거의 잃었던 것이다.
 어느 날 오후, 우리 무리가 잘 익은 검은 버찌가 잔뜩 달린 커다란 벚나무 아래를 지나가게 되었다. 우리 무리는 다들 노인이었으므로 나무를 탈 수가 없었다. 내가 나무에 올라가면 사람들이 모두 먹을 수 있을 만큼 버찌를 딸 수 있을 테지만, 나는 다시는 나무에 올라가지 않겠다고 맹세했었다. 읍내에서 있었던 일의 기억이 아직도 머릿속에 생생했다.

"나무에 올라가서 버찌 좀 따 줄라우?"

노인들이 나에게 부탁했다.

가슴이 두근두근 거칠게 뛰었고 나는 고개를 가로저었다. 노인들의 실망스런 표정을 보니 화가 치밀었다. 노인들이 다시 부탁하자 나는 앞으로 달려 나가 그날 종일 혼자 걸었다. 나무에 올라가는 건 나에게 너무 큰 고통을 주었다.

날이 갈수록 군인들에게서 멀리 벗어났다는 게 분명해졌다. 그러나 새로운 적이 등장했고, 죽음이 찾아왔다. 굶주림, 설사, 콜레라, 홍역, 열병, 구토, 기생충, 영양실조 등에 날마다 사람들이 죽어 나갔다. 눈에 들어오는 아이들의 모습에서 고개를 돌리기가 점점 힘들어졌다. 굶주려서 아이들의 팔다리는 가늘어지고 배는 볼록하게 튀어나왔다. 어릴 때 부모님이 숲에서 자라는 약초와 식물의 치료 효과를 알려 주었다. 그래서 우리 형제자매들은 흉작이 들어도 식량과 약을 구할 수 있었다. 그 지식은 부모님이 물려준 선물과 같은 것이었다. 하지만 나는 그런 선물을 받았다는 사실조차 잊으려 했고 이 아이들은 내 책임이 아니라고 되뇌곤 했다.

나도 살이 많이 빠졌다. 어느 날 쓰레기더미 옆을 지나가는데 깨진 거울 조각이 눈에 들어왔다. 거울에 비친 내 모습을 보니 뺨은 홀쭉

하고 눈은 쏙 들어가서 무덤에서 걸어 나온 사람 같았다. 늘 빗질을 잘 하던 나였지만 머리카락이 온통 엉켰고 거칠었다. 위필 안에 엄마의 빗이 있었지만 머리를 빗는 건 조금도 중요한 일이 아니었다. 살아남는 게 최우선이었다.

굶주림과 질병이 널리 퍼져서 몇 킬로미터씩 갈 때마다 피난민이 친구나 가족을 길가에 묻는 모습을 볼 수 있었다. 땅이 너무 단단한 데다 돌투성이였으므로 땅을 파지 않고 시체 위에 그냥 돌을 덮는 경우도 있었다. 시체를 길가에 버려두고 가서 파리 떼가 얼굴을 새카맣게 덮은 것도 볼 수 있었다. 멕시코 국경이 가까워지자 점점 더 많은 사람이 죽어 나갔지만 나는 죽어 가는 사람에게도 신경 쓰지 않으려 했다. 나한테 의지해 봤자 내 동생들 신세밖에 더 되겠는가.

어느 날 가까이 있던 피난민들이 열띤 어조로 말하기 시작했다. 한 사람이 이렇게 말했다.

"30킬로미터만 더 가면 국경이 나와요. 우릴 통과시켜 줄지 어쩔지는 모르지만, 국경만 건너면 안전한 난민 수용소에 갈 수 있어요. 수용소의 멕시코 군인들은 피난민을 과테말라로 돌려보내지 않는다고 들었어요."

그 사람의 말이 정말 맞는지는 믿을 수 없었다. 30킬로미터가 멀게만 느껴졌지만, 계속 가지 않으면 굶어 죽을 수밖에 없었다. 노인들이 불쌍했다. 노인들 중 대다수는 30킬로미터를 더 가기가 힘든 상태였다. 노인들은 공허한 희망에 매달려 삶의 마지막 몇 시간을 버텨 내고 있는 것이다.

국경을 넘어 멕시코로　135

닷새를 더 걸어 멕시코 국경에 다다랐다. 같이 가던 무리가 너무 뒤처져서 마지막 이틀 동안은 그 사람들을 뒤로 하고 혼자 앞서 걸었다. 그 무리 가운데 여러 사람이 절박하게 도움을 필요로 한다는 걸 알았지만 나는 도와줄 수가 없었다.

국경에 가까워지자 되돌아오는 피난민들이 보였다. 국경 보초들이 돌려보냈다는 것이다. 어떻게 해야 할지 알 수 없었다. 그때는 실처럼 가는 조각달이 뜰 때여서 어두운 밤에 이동하는 것은 위험했다. 그러나 국경 근방에는 몸을 숨길 만한 나무가 별로 없었다. 한밤중에 어둠 속에서 국경을 가로지르는 것 말고 다른 길이 없었다.

나는 낮 동안에 구할 수 있는 것은 모두 먹었다. 그리고 기나긴 밤 동안 국경을 따라 1킬로미터 가량을 걸었다. 큰 강이 나왔고, 걸어서 건너야 했다. 강 한가운데에 이르자 물이 가슴팍까지 닿았고 물살에 몸이 밀렸다. 나는 수영을 잘 하지 못했으므로 겁에 질렸다. 그러나 무사히 강 건너편에 올라섰다.

새벽까지 기다렸다가 왔던 방향으로 다시 돌아가 내가 걷던 길을 찾았다. 한 발 한 발 조심스럽게 내디뎠다. 이튿날 아침 해가 떴을 때, 난민 수용소로 가는 길이라고 생각되는 길에 다시 올라섰다. 다른 피난민들은 보이지 않았다. 내가 멕시코 국경을 넘었기 때문에 사람들이 보이지 않는 것이기를 바랐다.

숨을 곳이 없는 길을 따라 걷자니 무서웠지만, 하루 종일 마냥 걸었다. 버스 몇 대가 지나가는 것 말고는 아무도 보이지 않았다. 그 날 오후, 멀리 수용소가 보였다. 너무 지쳤기 때문에 마침내 기나긴 여행이 끝난 것이 기뻤다. 수용소가 가까워 오자 먼지바람을 타고 아기 우는 소리가 들렸다. 수백 명의 피난민들이 조그만 수용소에 가득 들어서 있었다. 널빤지와 플라스틱판으로 얼기설기 지은 건물 하나만 덩그러니 있었다. 사람들은 몇몇씩 무리지어 앉아서 무심한 표정으로 나를 쳐다봤다.

가까이 가자 멕시코 군인 두 명이 나를 막아섰다. 군복과 소총을 보니 달아나고 싶었다. 군인들은 나를 멈춰 세우며 고개를 저었다. 그리고 에스파냐 어로 이렇게 말했다.

"이 수용소는 만원이오. 산미겔에 있는 수용소로 가시오."

"얼마나 먼데요?"

나는 망설이다가 에스파냐 어로 물었다. 군인이 저 쪽을 가리키며 말했다.

"30킬로미터 정도 더 가야 하오."

나는 거의 울음을 터뜨릴 뻔했다.

"제발요. 여기 가면 살 수 있다고 하던데요."

군인이 무서운 얼굴로 노려보는 바람에 나는 더 할 말을 잃었다.

"자리가 없다니까!"

군인이 성난 목소리로 말했다.

산미겔 난민 수용소

산미겔 난민 수용소까지 오는 데는 사흘밖에 걸리지 않았다. 마지막 날 트럭에 탄 가족이 차에 태워 주어 10킬로미터를 타고 올 수 있었다. 처음에는 운전사에게 싫다고 고개를 흔들었지만, 아내와 아이들이 있는 게 보였다. 나는 지치고 배가 고팠고 군인들은 가족과 함께 여행하지 않을 거라고 판단했다. 그렇지만 여전히 불안했다. 운전사가 나를 다시 국경으로 데려가 돌려보낼 수도 있는 일이다. 나는 아무도 믿지 않았다. 트럭 짐칸에 앉아, 바싹 긴장한 채로 언제라도 뛰어내릴 준비를 했다. 달리는 트럭 위에서라도 말이다.

트럭 운전사는 약속한 대로 나를 산미겔 근처 도로에 내려 주었다. 운전사는 바퀴 자국이 나 있는 흙길을 따라 1킬로미터만 더 가면 난민 수용소가 있다고 일러 주었다. 마지막 1킬로미터를 걸어가는 동안, 한 걸음 한 걸음 내디딜 때마다 불안감이 찾아왔다. 여기에서도 쫓겨나면 어떻게 하지?

산미겔 난민 수용소의 모습은 전혀 예상하지 못했던 것이었다. 천막집이나 6백, 7백 명 정도를 수용할 만한 건물이 있는 수용소가 아니었다. 수천 명의 난민이 쓰레기장이나 다름없는 한데서 살고 있었다. 녹슨 함석 조각, 너덜너덜한 누더기, 종이 판지, 낡은 널빤지, 막대 등을 세우고 비닐을 걸친 것 등으로 뜨거운 햇살을 가리고 한밤의 추위와 비바람을 막을 뿐이었다. 이런 야영지가 바위와 수풀 사이에 죽 펼쳐져 있는데 끝이 보이지 않을 정도였다.

나는 머뭇거리다가 사방에 흩어져 있는 사람들 사이로 들어섰다. 해골이 누더기를 걸친 듯 비썩 마른 몸에 늘어진 옷을 입은 사람들이 여기저기 헤매 다녔다. 아무도 나한테 말을 붙이는 사람이 없었다. 몇몇 사람은 무심하게 나를 쳐다봤지만 대부분은 내가 있는지 없는지도 몰랐다. 나도 그 사람들과 다를 게 하나도 없었다. 몸은 여위고 머리는 헝클어지고 옷에는 땟국이 줄줄 흐르고 오물 냄새를 풍겼다.

앞쪽에 피난민들이 모여들었다. 가까이 가자 식수 트럭이 한 대 서 있고 난민들이 플라스틱 통에 물을 받으려고 길게 줄을 서서 기다리는 게 보였다. 플라스틱 통은 거의 다 밝은 파란색이나 빨간색으로 최근에 구호품으로 받은 게 분명했다. 난민들이 가진 물건 중에서 그것 말고 새것이라고는 하나도 없었다.

식수를 공급하는 트럭 뒤쪽에 또 한 무리의 사람들이 모여들었다. 두 명의 백인 그링고(라틴아메리카에서 미국인 등의 외국인을 낮춰 부르는 말—옮긴이) 구호 요원이 소리를 치고 사람들을 밀치면서, 트럭에서 식량을 꺼내 나눠 주었다. 서로 밀치며 몰려드는 군중들 사이에서 물건을 어떻게든 나눠 주려고 애쓰는 것 같았다. 백인 한 명이 조그만 쌀 봉지 하나를 들고 에스파냐 어로 외쳤다.

"이게 2주분이에요!"

도무지 믿기 어려운 광경이었다. 피난민들은 버려진 쓰레기를 받아먹으려 다투는 짐승들 같았다. 구호 요원이 쌀 봉지를 들어 올릴 때마다 사람들은 고함을 지르고 서로 밀고 당기며 몰려들었다.

"물러서요!"

구호 요원이 이렇게 외쳤지만 피난민 중에 에스파냐 어를 아는 사람이 몇이나 될까 싶었다. 사람들이 서로 잡아당겨서 봉지가 터져 바닥에 쌀이 쏟아지기도 했다.

나는 그 미친 소동에 끼어들고 싶지 않아 계속 야영지를 돌아다니며 알리시아를 찾았다. 이곳까지 오는 길은 너무나 멀고 험했다. 알리시아가 나보다 먼저 도착했을 가능성은 거의 없을 것이다. 어린 알리시아가 일주일 만에, 아니 일 년 만에, 아니 평생을 걸려서라도 그 힘든 길을 올 수 있을까. 그렇지만 나는 알리시아가 죽었을지도 모른다는 걸 인정하지 않았다. 알리시아와 아기가 군인들에게 발각돼 읍내 학교로 끌려갔을 수도 있다는 생각을 지워 버렸다. 오로지 그 생각을 떨쳐 버리기 위해서라도 나는 평생 알리시아를 찾아다닐 것이다. 기다란 검은 머리와 고집스런 턱을 가진 조그만 여자아이, 내가 "알리시아!" 하고 부르면 돌아보며 대답할 작고 특별한 아이를 언제까지고 찾을 것이다.

야영지 깊숙이 들어갔지만 빨래를 하거나 몸을 씻을 수 있는 곳은 보이지 않았다. 오줌이 마려워서 나는 가릴 것 하나 없는 개골창에서 다른 사람들과 나란히 쭈그려 앉아 볼일을 보았다. 야영지를 계속 돌아다니다 보니 난민들이 사용하는 언어에 따라서 대략적으로 무리를 이루었다는 것을 알 수 있었다. 키체 어를 쓰는 사람들이 모여 있는 곳을 찾아 냈지만 나를 도와주겠다고 하는 사람은 아무도 없었다. 쉴 곳이나 식량을 구하는 것은 오로지 내 몫이었다. 그걸 깨닫고 나는 몸을 돌려 트럭이 있는 곳으로 돌아갔다.

오후 내내, 해가 질 때까지 트럭 주위에서 다른 사람들과 뒤엉켜 있었지만, 제일 힘세고 열심히 덤빈 사람만 식량을 얻을 수 있었다. 밤이 되었지만 먹을 것도 잠잘 자리도 없었다. 하는 수 없이 맨땅에 보온이 거의 안 되는 다 찢어진 판지 조각을 덮고 웅크리고 누웠다. 난민 수용소는 옛날 우리 마을처럼 산 중턱에 있었다. 밤이 되면 기온이 내려가 진흙 웅덩이에 얇은 얼음이 어는 날도 있었다. 난민 수용소의 첫날 밤, 나는 덜덜 떨며 이를 악물고 무릎을 꼭 끌어안고 위필을 코까지 올려 그 안에서 숨을 쉬었다. 거의 잠을 잘 수 없었다.

새벽이 되자 굶주림으로 속이 뒤틀렸고 목이 말랐다. 먼지와 연기, 분뇨 냄새가 뒤엉킨 아침 공기가 안개처럼 무겁게 내려앉았다. 아기들은 배가 고파 울었고 여기저기에서 기침을 해 댔다. 나는 기지개를 켜고 일어나서 바로 식수 트럭 쪽으로 갔다. 벌써 긴 줄이 늘어서 있었다. 사람들이 물을 받는 수도꼭지에서 한 줄기 물이 새어 뿜어져 나오는 게 보였다. 새어 나온 물이 트럭 옆면을 타고 바닥으로 뚝뚝 흘러내렸다.

나는 줄을 서 있는 사람들이 욕설을 퍼붓는 걸 무시하고 트럭 밑으로 기어들어갔다. 물이 내 입안으로 떨어지도록 머리를 땅에 대고 누웠다. 줄서 있던 사람들은 내가 새치기를 하는 게 아니라는 걸 깨닫고 모르는 체했다. 한참 동안 그렇게 누워 입으로 떨어지는 물을 받아 먹었다. 그리고 일어나서 먹을 것과 잠자리로 사용할 것을 구하러 나섰다.

큰 트럭 한 대에서 기증받은 옷가지를 나누어 주고 있었다. 구호요원들은 옷을 공처럼 뭉쳐서 아무 데로나 던졌다. 나도 추위를 막을 옷이 필요했기 때문에 사람들을 밀치고 앞으로 나아갔다. 오후 내내 밀고 밀리고 한 끝에 마침내 스웨터 한 벌을 잡았다.

한 덩이로 뒤엉켜 서로 밀어 대는 사람들 사이에서 빠져 나와 옷을 입어 보았다. 말이 입어도 맞을 만큼 컸다. 허리 부분이 땅에 닿을 정도로 길게 내려왔고 소매를 접어 올려야 손이 겨우 나왔다. 이런 스웨터를 입어야 할 만큼 큰 사람이 과연 있을까 싶었다. 아무래도 좋았다. 이걸 가지고 어떻게든 오늘 밤을 버텨야 하는 것이다.

다른 사람들도 저마다 얻은 옷을 입어 봤다. 한 여자는 까만 바지를 입었는데 하도 얇고 몸에 달라붙을 정도로 통이 좁아서 옷을 입은 것 같지도 않았다. 여자는 무더운 오후 내내 밀고 당기고 한 끝에 얻은 게 겨우 이거라니, 하는 표정으로 실망감이 가득한 얼굴로 주위를 둘러보았다.

운이 좋은 사람들은 두꺼운 담요와 점퍼를 구했다. 화려한 장식이 있는 셔츠나 블라우스밖에 못 구한 사람도 있었다. 파티에 입고 가면 좋겠지만 난민 수용소에서는 파티가 열리지 않는다. 한 할머니는 큼직한 가죽조끼를 잡았는데 바싹 말라서 뼈밖에 없는 사람이 입으니까 마치 갑옷을 입은 것 같았다. 할머니는 신기하다는 듯 옷을 살펴보더니, 이빨이 하나도 없는 입으로 함박웃음을 지어 보이고는 자랑스럽게 자기 자리로 돌아갔다. 다들 웃음을 터뜨렸다. 두 달 만에 처음으로 웃어 본 것이었다.

나는 스웨터를 개어 품에 꼭 안고 먹을 것을 찾으러 나섰다. 오래 굶어서 몸에 힘이 없었다. 그날 오후, 그리고 밤새 찾아다녔다. 트럭이 멈추기만 하면 사람들이 구름 떼처럼 몰려들었다. 한밤중에도 피난민들은 야영지를 배회하며 음식물 부스러기가 없는지 찾았다.

그날 밤늦게 조그만 빵 한 덩이와 밴을 타고 온 미국인 여자가 나눠 준 따끈한 수프를 조금 얻어먹었다. 쌀 한 줌과 요리를 할 수만 있다면 토르티야 몇 개를 만들 수 있을 정도의 옥수수가루도 구했다. 나는 다시 식수 트럭으로 가서 드러누워 물을 받아먹었다 뭘 담아 둘 수 있는 그릇을 아직 못 구했지만 내일은 통을 찾아봐야겠다고 생각했다.

그날 밤에는 좀 더 잘 잤다. 그러나 난민들은 일찍 깨어나 활동을 시작했다. 동틀 무렵 나도 일어나 냄비가 있는 여자와 거래를 했다. 어제 구한 옥수수가루를 주자 여자가 토르티야를 만들어서 주었다. 나는 또 야영지를 헤매 다니며 찾아 낸 음식을 모조리 입에 집어넣었다. 정해진 식사 시간 같은 건 없고, 종일 끝없이 먹을 것을 찾아 헤맸다. 나는 아무것도 버리지 않고 모았다. 남자 바지 하나를 구해 물이 새는 물통과 바꾸었다. 또 검정색 비닐 한 조각을 찾아 내 그날부터는 밤에 둘둘 말고 잤다. 비닐과 큼직한 스웨터로 한밤의 추위는 어느 정도 막을 수 있었지만 햇빛과 비를 피할 곳이 없었다.

먹을 것을 찾아 헤매면서도 나는 늘 알리시아를 찾았다. 어린아이 소리가 들릴 때마다 돌아봤다.

첫 일주일이 지났을 무렵에는 나도 구호 요원들에게 달려드는 다른 사람들과 똑같아졌다. 팔로 밀치고 손을 뻗으며 애원했다. 우리에게 집어던지는 물건을 잡기 위해 다른 사람들을 발로 차고 밀치는 짐승이 되었다. 이런 식으로 살아가기는 싫었다. 우리 부모님은 나를 이렇게 키우지 않았다. 그러나 그러지 않으면 굶어 죽을 수밖에 없었다.

수용소에 온 지 열흘째 되던 날, 구호품을 나눠 주는 트럭이 보였다. 트럭이 싣고 온 물건이 담요와 비닐 방수막이었기 때문에 사람들이 미친 듯이 달려들었다. 서로 마구 밀쳐 대는 무리의 머리 위로 아무렇게나 집어 던진 물건에 여남은 명이 한꺼번에 달려들면서 싸움이 벌어졌다. 몇 분 동안 지켜보다가 머지않아 트럭에 실은 물건이 곧 동이 나리라는 걸 깨달았다. 나는 아직도 비바람을 가릴 것이 아무것도 없었다.

어쩔 수 없었다. 밀고 당기면서 트럭 가까이로 비집고 들어갔다. 덩치 큰 사람이 나를 밀면 나는 실수인 척하면서 그 사람의 발을 꽉 밟았다. 한 남자가 나를 때렸다. 나는 파란 비닐 방수막 꾸러미가 내가 있는 곳 가까이에 떨어질 때까지 기다렸다가 거기 달려들어 거세게 잡아당기고 발로 걷어차며 다른 사람들과 뒤엉켜 싸웠다. 꾸러미가 손에 들어오자 나는 그걸 꼭 붙들고 매달렸다. 나이 든 여자 둘과 남자아이 하나가 꾸러미를 잡고 놓지 않았다. 나는 그 사람들을 힘껏 밀쳤고 셋 다 땅바닥에 나동그라졌다. 나는 방수막을 빼앗아 꼭 움켜쥐고 돌아서서 마구 뛰었다.

내가 밀어 쓰러뜨린 난민들은 어쩔 수 없이 다음 기회를 잡으러 다시 트럭 쪽으로 몰려갔다. 나는 넓은 곳으로 나와 방수막을 위필 안에 감췄다. 파란 방수막은 대충 텐트를 만들 수 있을 정도로 큼직했다. 드디어 집이 생긴 것이다. 방수막을 살펴보며 흡족해하다가, 고개를 들어 내가 밀어 낸 할머니 둘을 흘깃 보았다. 할머니들은 무리에서 돌아서서 가는 길이었다. 한 할머니는 심하게 다리를 절었고 다른 할머니가 부축했다. 둘 다 울고 있었다.

그 순간 갑자기 수치심이 몰려왔다. 저 할머니들은 나보다 훨씬 더 절박하게 방수막이 필요한 사람들이다. 저 할머니들은 오늘 밤 추운 데서 자야 하는 걸까? 내일이면 해를 가릴 곳 하나 없어 뜨거운 햇볕 아래서 시체로 발견되는 건 아닐까? 모두 나 때문이다. 나는 대체 어떤 사람이 되어 버린 걸까? 나의 기품이란 건 내 몸의 때만큼이나 얄팍했던 것일까? 고작 방수막 하나에 자존심을 버리고 말다니. 이렇게 살려면 살아남는다는 게 무슨 의미가 있겠는가? 엄마 아빠가 지금 내 모습을 봤으면 부끄러워했을 것이다.

나는 할머니들 뒤를 따라가며 에스파냐 어로 말했다.

"여기요, 이거 가져가세요."

나는 방수막을 내밀었다. 돌아보는 할머니들의 얼굴에 순간적으로 두려움이 서렸다.

"제발요, 무서워하지 마세요."

"그건 네 거잖니. 우릴 놀리지 마라."

다리를 저는 할머니가 대답했다. 나는 고개를 가로저었다.

"놀리는 거 아니에요."

나는 방수막을 할머니의 팔 위에 얹었다.

"제가 잘못했어요. 부디 갖고 가세요."

할머니는 놀라서 꾸러미를 들고 쳐다봤다.

"너는 어떡하고?"

나는 고개를 흔들었다.

"또 찾아보죠 뭐."

"다른 가족이 있니?"

다른 할머니가 물었다. 그 할머니의 몸은 해골처럼 비쩍 말랐다.

나는 고개를 또 가로저었다. 할머니가 방수막을 꺼내 땅에 펼쳤다. 나는 할머니가 방수막을 이리저리 돌려보는 걸 보고 뭘 하는지 몰라 그냥 서 있었다. 할머니는 결심이라도 한 듯 나를 보며 이렇게 말했다.

"세 사람이 들어갈 만큼 크구나. 천막을 세우게 나무를 구해 오렴."

"하지만 제가 끼어들면……."

할머니는 앙상한 손가락을 내 입에 갖다 댔다.

"더 말하지 마. 안 그래도 살아가기 힘들다. 당장 나무를 구해 오지 않으면 엉덩이를 때려 줄 테다."

이렇게 해서 나는 로사 할머니와 카르멘 할머니를 만나게 됐다. 칵치켈족이었다. 할머니들도 여기 와서 처음 만났다고 한다. 어딘가에서 손자들과 같이 놀고 있어야 할 테지만, 삶이 두 분을 여기까지 오게 만들었다.

"천막을 어디에다 치면 좋을까요?"

내가 물었다. 버썩 마른 로사 할머니가 큰 소리로 웃었다.

"아무 데면 어떠니. 호숫가에 세워도 되고, 강 옆 풀밭에 쳐도 되고."

할머니가 두 팔을 양 옆으로 뻗으며 말했다. 카르멘 할머니가 어깨를 으쓱하며 덧붙였다.

"우린 그동안 아무 데서나 잤어."

"이 쪽으로 오세요."

나는 이렇게 말하고 카르멘 할머니의 팔을 잡고 부축했다.

"저 때문에 다치셨어요?"

카르멘 할머니가 웃으며 말했다.

"그래. 무지 세게 밀더라."

"전 물기도 해요."

내 말에 다들 웃음을 터뜨렸다. 칵치켈 어로 말하는 사람 중에는 아는 사람이 없기 때문에, 나는 할머니들을 모시고 키체 어로 말하는 사람들 사이의 내가 자던 곳으로 갔다.

산미겔 난민 수용소 147

"여기 계세요. 방수막을 세울 나무를 가져올게요."

로사 할머니와 카르멘 할머니는 엄마 같은 눈빛으로 나를 봤다.

"저녁에 따끈한 타말레(간 고기와 고추 등을 옥수수 껍질에 싸서 찐 멕시코 요리—옮긴이)랑 엔칠라다(고기와 치즈를 토르티야로 말아 고추 소스와 같이 먹는 멕시코 요리—옮긴이) 만들 건데 늦게 오면 하나도 안 남겨 놓을 테다."

로사 할머니가 으름장을 놓았다.

"아이스크림은요?"

내가 물었다.

"아이스크림은 없어."

로사 할머니가 또 함박웃음을 터뜨리며 말했다.

"카르멘을 밀친 벌이야."

"금방 올게요."

내가 다짐하듯 말했다.

여기저기 덤불이 있었지만 방수막 앞뒤를 받쳐 텐트처럼 만들 수 있을 만큼 큰 나무는 없었다. 나는 서둘러 야영지 가장자리로 가서, 큰 나뭇가지와 나무토막을 찾았다. 야영지에서 1킬로미터 정도 가자 조그만 언덕 위에 나뭇가지를 땅 쪽으로 뻗은 커다란 마치차나무 한 그루가 보였다. 학살이 있었던 읍내에서 내가 올라갔던 것과 같은 종의 나무다. 아래쪽으로 내려온 나뭇가지는 너무 굵어서 꺾을 수가 없었다. 나무를 타고 올라가면 가는 나뭇가지를 쉽게 구할 수 있을 것이다. 나무에 올라가 나무 위의 바람과 고독을 다시 몸으로 느끼며 고달픈 수용소의 삶에서 잠시나마 벗어나고 싶은 생각도 들었다.

나는 잠시 망설이다가 마음을 다잡고 돌아서서 나무를 찾으러 야영지에서 더 먼 곳까지 계속 갔다. 다시 나무소녀가 되지 않겠다는 맹세를 지킨 것이다. 나무소녀는 자기 가족을 죽게 한 겁쟁이였다. 나무소녀는 마을 사람 전부가 죽어 가는 동안 나무에 앉아 있던 겁쟁이였다. 다시는 나무에 올라가지 않을 것이다. 나무소녀는 이제 이 세상에 없다.

나무소녀가 되지 않기로 한 탓에 두 시간 동안 더 헤매야 했다. 마침내 해질녘이 되어서 반쯤 썩고 배배 꼬인 나뭇가지 두 개를 발견했다. 그걸 들고 할머니들한테로 갔다. 카르멘 할머니가 반갑게 손을 흔들었다. 로사 할머니는 나뭇가지를 받아들며 말했다.

"하도 안 오길래 네 장례식 준비를 하려던 참이야."

단단하고 메마른 땅에 돌덩이로 비닐 방수막 가장자리를 고정시키고, 구멍을 파서 나뭇가지를 꽂아 똑바로 세워 대강 텐트를 만들었다. 할머니들은 내가 천막을 치는 걸 보다가 방수막을 팽팽하게 당겨 돌로 고정시키고 기둥 사이에 능선처럼 곧게 뻗게 해서 빗물이 고이지 않게 하는 작업을 거들었다. 이게 우리 세 사람의 안식처가 될 것이다.

천막을 치고 나니 사방이 어둑어둑했다. 할머니들의 공허한 시선을 보고 나는 할머니들이 굶주려서 괴로워한다는 걸 알았다. 그러나 할머니들은 불평 한 마디 하지 않았다. 자존심 때문에 절대로 나한테 먹을 걸 달라고 하지 않을 사람들이다.

"오늘 밤 먹을 걸 찾아볼게요."
천막에 대해 거듭 고마워하는 할머니들에게 이렇게 말했다.
"밤에 나가면 위험할지 몰라."
카르멘 할머니가 말했다.
"굶어 죽는 것도 위험할지 몰라요."
내가 대답했다.

미국의 두 얼굴

내가 돌아왔을 때 칵치켈 할머니들은 벌써 천막 안에 들어가 딱딱한 바닥 위에서 잠들어 있었다. 할머니들이 자면서 괴로운 듯 뒤척였지만 깨우지 않았다. 잠은 굶주림과 기억의 고통에서 벗어나는 최선의 길이다. 나는 옥수수가루와 쌀, 콩을 약간 구해 왔다. 아침에 카르멘 할머니와 로사 할머니가 야영지 여기저기에 피워 놓은 작은 모닥불에서 콩 요리를 하고 토르티야를 만들어 줬으면 하고 기대하면서.

나도 굶주려 뱃속이 뒤틀렸지만 그냥 천막 아래로 기어들어가 할머니들 옆에 누웠다. 하루 종일 돌아다닌 탓에 지쳐서 나도 금방 불편한 잠에 빠져들었다.

눈을 떠보니 할머니들은 벌써 일어나 있었다. 할머니들은 전날 밤 내가 구한 식량을 보고, 어디선가 콩을 끓이고 토르티야를 만들 수 있는 냄비와 물을 약간 구해 왔다. 불을 피우기 위해 다른 사람한테서 불씨도 빌려 왔다. 텐트에서 기어 나오자 로사 할머니가 따뜻한 토르티야 두 장을 주었다.

"먹을 걸 구해다 줘서 고맙다."

할머니가 말했다. 나는 고개를 끄덕이고 토르티야를 허겁지겁 먹어치웠다. 두 달 만에 처음으로 먹어 보는 따뜻한 토르티야였다. 나는 할머니들에게 고맙다고 하고 다음 끼닛거리를 찾으러 나섰다.

"우리도 먹을 걸 찾아볼게."

카르멘 할머니가 내 등에 대고 말했다.

나는 그럴 생각이 전혀 없었는데 나도 모르게 새로운 책임을 지게 되었다는 걸 깨달았다. 그 생각을 하니 마음이 불편했다. 다른 사람이 나한테 의지하는 것도 바라지 않고, 다른 사람에게 의지하고 싶지도 않았다. 나는 카르멘 할머니의 말에 대답하지 않았다. 살아남기 위해서는 눈 뜨고 있는 동안 한시도 쉬지 않고 야영지를 돌아다니며 식량, 옷가지, 담요를 구해야 했다.

트럭이 언제 올지는 알 수 없었다. 한 가지 분명한 사실은, 모든 사람에게 넉넉히 돌아갈 만큼의 식량은 없다는 것이다. 내가 할머니들과 먹을 식량을 구한다면 오늘 다른 누군가는 주린 배를 쥐고 자야 한다. 내가 하루 더 살아남는다면, 다른 누군가는 내가 살아남은 대신 죽어야 한다.

산미겔 수용소에는 식량과 구호품이 지금보다 열 배는 더 필요하다. 그리고 우리가 무엇보다도 절박하게 바라는 것 한 가지는, 트럭이 가져다주지 않는다. 그건 바로 희망이다. 전쟁이 곧 끝나리라는 희망, 가족들이 고향에서 다시 만날 수 있으리라는 희망. 희망만 있다면 살아남을 수 있을 많은 사람들이, 시간이 지나면서 포기하고 스러져 간다. 사람들이 텅 빈 눈빛으로 앉아서, 수용소에서 머나먼 곳, 수백만 킬로미터도 더 떨어진 곳, 그들이 곧 가게 될 그곳을 바라보았다. 슬프게도 스스로 목숨을 저버림으로써 이곳을 탈출하는 사람도 있었다. 깨진 유리병 조각으로 손목을 그어, 손목이 갈라진 채로 쓰러져 있는 시체도 봤다.

사람들은 대부분 폐쇄적으로 지냈다. 옆에 있는 사람을 믿지 않았고 금방 헤어질 사람과 사귀고 싶은 생각도 없었다. 각각 기억, 분노, 회한으로 이루어진 작은 세계 안에 갇혀 있었다. 그리고 난민들은 각기 다른 방식으로 현실을 회피하려 했다.

슬픔과 두려움을 감추기 위해 자기 자식들에게 화를 내는 부모도 있었다. 어떤 사람들은 삶을 포기하고 더는 먹을 것을 구하러 다니지 않았다. 내가 택한 방법은 매일 눈 뜨자마자 무언가에 빠져듦으로써 추억이나 생각이 떠오를 여지를 남기지 않는 것이었다. 나 자신도 기억에 빠져 버리면 먹을 것을 입에 대지 않으려는 사람들처럼 될까 봐 겁났다.

매일 밤 친절한 죽음이 데려가는 난민의 수가 늘어났다. 아침이 오면 생명이 떠난 시체가 깊은 잠에 빠진 듯 움직이지 않고 누운 채로 발견됐다.

대부분의 사람들처럼 나도 야영지 이곳저곳에 널린 죽은 사람들에게 신경 쓰지 않으려 애썼다. 그저 단순한 물건, 역한 냄새를 풍기는 서글프고 오래된 물건에 지나지 않는다고 생각하려 했다. 죽음을 인정하는 것은 내일 나도 저들 중 한 사람이 될 수 있다는 가능성을 인정하는 것이나 다름없었다. 언젠가 너무 약해져서 식량을 구하러 나서지 못하게 될 날이 찾아올 것이 두려웠다. 그날이 되면 이제 내가 죽을 차례가 된 것이다. 그래서 매일 아침 멕시코 인 잡역부들이 마스크를 쓰고 야영지로 와 시체를 트럭에 실어 갈 때마다 고개를 돌렸다.

우리가 지낸 야영지의 구역에서 몇몇 사람은 매일 밤 모닥불 가에 둘러앉아 미국에 대해 아는 이야기를 나누며 어떻게든 희망의 불씨를 되살려 보려 했다. 운이 좋아서 먹을 것을 구한 날은 나도 모닥불 가에 앉아 사람들이 미국이라는 천국에 대해 이야기하는 걸 들었다.

"로스앤젤레스에 사촌이 살아요."

한 난민이 꿈을 꾸듯 갈망이 가득한 표정으로 별을 올려다보며 말했다.

"미국에서는 가난한 사람들도 차가 있고, 창문과 문이 있는 집에서 산대요."

"가난한 사람도 냉장고가 있어서 음식을 차갑게 보관한대요. 수도꼭지에서는 늘 깨끗한 물이 콸콸 나오고, 제일 가난한 사람 집에도 물로 똥을 씻어 내리는 변소가 있다네요."

다른 사람이 덧붙였다.

피난민들은 몇 시간 동안이고 수용소를 벗어나 북쪽으로 멕시코를 통과해 미국에 가는 방법에 대해 말했다.

"미국 국경은 멕시코 국경보다 훨씬 넘기 힘들어요. 코요테라는 사람들의 도움을 받아야 해요. 그 사람들이 몰래 국경을 넘게 해 준대요. 코요테는 아주 무서운 사람들이고 엄청난 돈을 요구해요."

한 할아버지의 말이다.

"맞아요. 하지만 그만한 값을 하죠. 미국에는 가난하고 배고픈 사람들을 돌봐 주는 병원이 있거든요."

어느 날 밤에는 안경을 쓴 젊은 남자가 사람들이 미국에 대해 떠들어 대는 걸 조용히 듣고 있었다. 불이 잦아들면서, 남자는 점점 더 참지 못하겠다는 표정이 되었다. 갑자기 남자가 입을 열었다.

"미국인들만 아니면, 군인들이 우리 마을을 공격하지도 않았을 겁니다."

사람들이 별안간 잠잠해졌다. 이야기꾼의 꿈에 찬물을 쫙 끼얹기라도 한 것 같았다.

"밤이 늦었네요."

한 여자가 말했다.

"그래요. 너무 늦었어요."

다른 사람도 그렇게 말했고 자리에서 일어났다. 대부분이 자기 잠자리로 돌아갔지만 나는 어둠 속에서 계속 앉아 있었다. 안경을 쓴 젊은이도 땅바닥에 그대로 앉아 있었다.

"미국인들에 대해서 한 말이 정말이에요?"

내가 물었다. 남자가 고개를 끄덕였다.

"나는 과테말라 군대에 있었어. 미국에서 총을 공급했고, 그걸로 우리 가족들을 쏜 거야. 평화롭던 하늘을 누비고 다니는 헬리콥터도 물론 미국에서 만든 거지. 학살을 이끈 지휘관들은 미국에서 군사 훈련을 받았어."

"얼마나 많은 학살이 있었어요?"

내가 물었다. 남자는 야영지 전체를 감싸듯 손으로 큰 원을 만들었다.

"이렇게 많은 사람이 여기 오게 만들 만큼이지. 수용소는 여기 한 곳만이 아니야. 학살이 수백 건 있었어. 이 전쟁은 인종 청소나 다름없어. 인디오 인종 전체가 몰살당하고 있어. 여기도 안전하지 않아. 과테말라군 카이빌(과테말라군의 특수 부대로 게릴라전과 폭동 진압을 전문으로 한다—옮긴이)이 동쪽 국경을 넘었고 다른 난민 수용소에서 난민들을 몰살시켰어."

"멕시코 쪽에서 그러지 못하게 막지 않아요?"

내가 물었다. 남자는 고개를 가로저었다.

"카이빌이 학살을 저지르는 동안 그저 보고 있을 뿐이야."

"그렇다면 멕시코 인들도 미국인들만큼 책임이 있는 건가?"

한 아저씨가 물었다.

"미국에서 카이빌을 무장하고 훈련시켰어요."

"미국 사람들은 나쁘지 않아요. 미국인들이 수용소에 있는 우릴 도와주잖아요. 구호품 대부분은 미국에서 온 거예요."

내가 말했다.

"미국 시민들이 그러는 거지, 미국 정부는 달라. 미국인들은 대부분

자기 정부에서 무슨 짓을 하는지도 몰라. 알고 싶어 하질 않는 거지."

젊은 남자가 덧붙여 말했다.

내가 남자가 한 말을 곰곰이 생각해 보는 동안 남자는 입술을 깨물었다. 미국 가난뱅이들의 이야기가 과장된 것인지 아닌지는 알 수 없었지만 그 멋진 이야기에 빠져들었던 것은 사실이다. 그런데 그렇게 위대한 나라에서, 우리가 사는 마을에 그렇게 끔찍한 학살이 일어나는 걸 어떻게 내버려 둘 수 있다는 말인가?

젊은 남자가 나에게 손을 내밀며 말했다.

"나는 마리오 살바도르야. 넌 이름이 뭐니?"

"가브리엘라 플로레스요. 군대를 나온 다음엔 뭘 하셨어요?"

"교사였어."

그날 밤 나는 너무 추워서 견디기 힘들어질 때까지 마리오와 이야기를 나누었다. 잠자리에 들었을 때, 꿈에 총과 헬리콥터가 나왔다. 새로 만난 선생님도 꿈에 나왔고, 내 품에 안기며 나를 엄마라고 부르는 조그만 여자아이도 매일 밤 그러듯 꿈에 나왔다.

늦게 잠자리에 들어서 해가 뜬 다음까지 늦잠을 잤다. 일어나 보니 로사 할머니가 아직도 내 옆에 누워 있어 깜짝 놀랐다. 천막 밖을 보니 카르멘 할머니가 조그만 불 위에 몸을 웅크리고 요리를 하는 중이었다. 로사 할머니를 다시 돌아봤는데 이상스럽게 고요했다. 나는 로사 할머니의 등을 만졌다. 그리고 어깨를 흔들었다.

"할머니, 일어나요."

이렇게 말하는 순간 나는 로사 할머니가 죽었다는 걸 깨달았다.

나는 천천히 힘겹게 숨을 들이쉬었다.

"로사 할머니가 죽었어요."

카르멘 할머니를 불렀다. 카르멘 할머니가 내 옆에 앉아 눈물을 훔치고 머리를 흔들더니 말했다.

"트럭이 올 때까지 내가 곁에 있을게."

"저도 있을게요. 로사 할머니가 어디 아팠어요?"

카르멘 할머니가 고개를 저었다.

"그런데 왜 돌아가신 거예요? 제가 먹을 것을 충분히 구해 오지 못해서죠?"

카르멘 할머니가 다시 고개를 저었다.

"네 힘으로는 로사의 죽음을 막을 수 없어."

나는 로사 할머니의 곁에 앉아 조용히 기도를 했지만, 그 기도가 아무런 소용이 없음을, 이 난민 수용소에서는 아무런 의미가 없음을 알았다. 로사 할머니의 죽음은 군인들 탓이라고 생각했다. 총으로 쏘아죽인 사람의 죽음뿐 아니라, 로사 할머니의 죽음도 마찬가지로 군인들 때문이었다.

로사 할머니를 묻어 주고 싶었지만 피난민들이 죽은 사람을 묻는 건 금지되어 있었다. 마스크를 쓴 멕시코 인들이 트럭을 가지고 올 때까지 기다려야 한다. 그 사람들이 로사 할머니의 시신을 다른 시체들과 함께 장작 쌓듯 트럭에 쌓아올릴 것이고, 불에 태워 수용소에서 멀리 떨어진 공동묘지에 묻을 것이다. 전염병이 퍼지는 걸 막기 위한 조치다.

전에는 늘 시체를 거둬 가는 걸 못 본 척했지만 그날은 그럴 수 없었다. 트럭이 도착하자 나는 할머니의 시신을 옮기는 걸 돕겠다고 나섰다. 가냘픈 할머니의 몸은 물통보다도 가벼웠다. 내가 몸을 숙여 할머니의 이마에 살짝 입을 맞추자마자 일꾼들이 할머니를 다른 시체들 위에 집어던졌다. 할머니의 남편이나 자식들이 입을 맞추어 주었어야 하는데.

로사 할머니가 죽기 전에도 나는 할머니들을 보살피느라 한시도 쉬지 않았다. 그 뒤에는 생각을 떨쳐 버리기 위해 더욱 미친 듯이 식량을 구하러 다녔다. 나는 종일 일에 매달리다가 지쳐 쓰러져 잠들 때까지 쉬지 않았다. 나는 겁에 질린 어린아이였고, 내가 아는 유일한 방식으로 나 자신에게서 도망치려 했다. 이튿날 아침이면 멕시코 잡역부들이 조그맣고 비쩍 마르고 못생긴 여자아이, 가브리엘라라는 아이의 시체를 거둬 가지 않을까 하는 두려움에 쫓겨서.

"너무 힘들게 일하지 마."

카르멘 할머니는 내가 지쳐 나가떨어진 걸 볼 때마다 말했다.

"먹을 거 충분히 있어."

나는 늘 고개를 끄덕였지만 할머니의 말을 무시했다.

매일 점점 더 많은 피난민들이 수용소로 몰려들었다. 무덤에서 걸어 나온 것처럼 여윈 얼굴에는 한때 행복한 어린아이, 긍지 있는 부모, 위엄 있는 어른이었던 흔적만이 희미하게 남아 있었다. 머나먼 여행 일정에서 한 걸음 걸을 때마다 자신의 본모습, 희망, 문화, 꿈,

긍지의 조각을 잃어버리고 여기까지 온 것이다. 지금 수용소로 걸어 들어오는 사람들은 인간이 아니라, 식량과 쉴 자리를 찾아 헤매는 얼굴 없는 난민일 뿐이었다. 누더기가 된 옷과 절박한 눈빛은 하나같이 똑같았다.

아마 그래서 수용소에 온 지 두 달 뒤, 그 조그만 여자아이를 처음 봤을 때 얼른 알아보지 못했을 것이다. 늦은 저녁 플라스틱 통 두 개를 들고 식수 트럭의 긴 줄에 서 있을 때였다. 내 차례가 되기 전에 물탱크의 물이 떨어질 것 같아 불안했다. 벌써 수도꼭지의 수압이 떨어져서 가는 물줄기만 흘러내렸다. 줄을 서서 기다리는데 열다섯에서 스무 명 정도 되는 난민 무리가 야영지에 도착했다. 줄서 있던 사람들 모두 무심하게 새로 온 사람들을 빤히 바라보았다. 내가 다시 트럭으로 시선을 돌리는 순간, 무언가가 눈에 들어와 나는 다시 고개를 돌렸다.

무리 중에 어린 여자아이가 몇 있었다. 그중 한 명, 나에게 등을 돌린 아이가, 다리가 가늘고 약간 굽은 아이, 어깨가 둥글고 긴 검은 머리가 허리께까지 드리운 아이가 있었다. 전에 본 적이 없는 파란 옷을 입었고 계속 다른 쪽만 보았다. 무리가 멀어져 가는 동안 나는 그 아이를 뚫어져라 봤다. 그 아이가 이쪽을 돌아보기를 바라면서.

"알리시아!"

내가 외쳤다. 여자아이는 돌아보지 않았다.

"알리시아!"

더 큰 소리로 외쳤다.

아이는 돌아서서 커다란 눈으로 나를 빤히 봤다. 숨이 멎는 것 같았다. 빈 물통이 땅바닥에 떨어졌다. 두 걸음을 망설이듯 앞으로 떼었다가 미친 듯 달려갔다.
"알리시아! 알리시아! 알리시아!"
나는 목이 터져라 외쳤다.

알리시아의 침묵

 아이는 눈을 휘둥그레 뜨고 놀란 듯 나를 보았다. 나는 주저앉아 알리시아를 힘껏 끌어안았다. 눈물이 쏟아져 세상이 흐릿했다.
 "알리시아, 알리시아."
 나는 엉엉 흐느꼈다. 알리시아도 나를 안고 꼭 매달렸다. 못 알아볼 정도로 더러운 몰골이었다. 이곳의 다른 애들처럼 알리시아의 검은 머리도 온통 엉켜 있었다. 그러나 이 아이는 다른 아이들과 다르다. 바로 내 동생이다. 나는 알리시아를 꼭 안고 놓지 않았다. 누군가 내 어깨를 건드려서 고개를 들었다.
 몸집이 큰 여자가 팔에 아기를 안고 서 있었다.
 "네가 애를 어떻게 아니?"
 여자가 따지듯이 물었다. 나는 일어서서 알리시아를 팔로 안아 올리고 기쁨에 겨워 말했다.

"전 가브리엘라에요. 얘는 제 동생, 알리시아구요."

여자는 유령이라도 만난 듯 놀란 눈으로 나를 보았다.

"네가 가브리엘라야?"

나는 고개를 끄덕였다.

"나는 마리아야."

여자가 말했다.

"제 동생을 어디서 만나셨어요?"

"과테말라에서, 국경 한참 남쪽에서 만났어. 장에 가는 길이었는데 읍내에서 총소리가 들렸어. 사람들이 비명을 질러 대고. 그래서 군대가 들이닥쳤다는 걸 알았지. 돌아서서 도망가려는데 아기 우는 소리가 들렸어. 얘하고 이 아기가 빽빽한 덤불 속에 숨어 있더라고. 아기가 거의 죽을 지경이라 둘 다 데리고 우리 마을로 갔지."

나는 여자가 안은 아기를 봤다.

"얘가 그 아기예요?"

여자가 고개를 끄덕였다.

"죽기 일보 직전이었지. 얘도 네 동생이니?"

나는 꼼지락거리는 아기를 보며 고개를 저었다.

"아뇨. 아기 엄마가 얘를 낳는 걸 거들었어요. 엄마는 죽었을 거예요. 확실한 건 아니지만. 군인들이 와서 도망갈 수밖에 없었어요."

"그 읍내에서 학살이 벌어지는 걸 봤니?"

마리아 아줌마가 물었다. 나는 고개를 끄덕였다.

"어떻게 살았어? 정말 용감한 아이구나."

더 큰 수치심이 몰려왔다.

"숨었어요."

그날 일에 대해 더 말하고 싶지 않아 그냥 이렇게 대답했다. 나는 몸집이 큰 마리아 아줌마를 봤다. 흙투성이에다 뜨거운 햇살에 피부가 갈라졌다. 홀쭉한 뺨과 쑥 들어간 눈을 보니 그간 얼마나 고생했는지 알 수 있었다.

"금방 어두워질 거예요. 잘 곳을 찾아 줄게요."

"고맙다, 가브리엘라."

아줌마가 말했다.

"제가 아기 안아도 돼요?"

나는 알리시아를 땅에 내려놓으며 물었다.

마리아 아줌마는 그동안 상당히 자란 아기를 나에게 넘겨주어 큰 짐을 던 것처럼 보였다. 아기도 더럽고 콧물이 흘러 윗입술이 딱딱하게 굳었다. 그렇지만 이제는 다 죽을 것처럼 얼굴빛이 창백하지 않았다. 눈에서 생기가 났다.

믿기지 않는 일이었다. 내가 태어나는 걸 도와준 아기가 얘라니 도무지 있을 수 없는 일 같았다.

"이리 오세요."

나는 마리아 아줌마를 야영지 안쪽으로 데려갔다. 알리시아는 내 코르테에 꼭 매달렸다.

내가 아기를 안고, 아줌마 한 명과 어린 여자아이를 데리고 천막에 오자 카르멘 할머니가 얼굴을 찌푸렸다. 지금도 살기 힘든데, 이 많은 수를 먹인다는 건 불가능한 일일 것이다.

"할머니, 얘가 제 동생이고 얘는 제가 낳는 걸 도왔던 그 아기예요. 전에 말했었죠. 마리아 아줌마가 찾아서 여기로 데려왔어요."

카르멘 할머니는 걱정이 가득한 얼굴로 손을 뻗어 인사를 했다.

"제가 먹을 걸 더 많이 구해 올게요."

죄송스런 생각에 내가 말했다.

"우리 전부 다 열심히 일해야지."

카르멘 할머니는 가시를 감추지 않고 이렇게 말했다.

나는 조그만 우리 천막을 봤다. 마리아 아줌마는 로사 할머니보다 훨씬 덩치가 컸다. 거기에다가 알리시아와 아기까지 있다. 카르멘 할머니가 이해해 주면 좋을 텐데. 나는 카르멘 할머니와 한쪽에서 따로 이야기를 했다.

"마리아 아줌마랑 같이 지내는 게 도리일 것 같아요."

내가 말했다.

"알았다. 하지만 가브리엘라, 명심해라. 여기에서는 도리를 지키다 죽을 수도 있어."

나는 고개를 끄덕이고 나서 마리아 아줌마와 아기를 천막에 남겨두고 알리시아를 데리고 먹을 것을 구하러 갔다.

어딜 가든 알리시아는 나를 붙든 손을 놓지 않았다. 나를 거들어 쌀과 빵을 들고 가면서도 한 손으로는 나를 붙잡았다. 구호 요원들이 알리시아를 보고 웃으며 장난을 걸려고 했지만 알리시아는 입을 꾹 다물고 내 코르테 자락 뒤에 숨었다.

그날 밤 음식을 조금씩 나누어 먹은 뒤 천막 옆 땅바닥에 앉아 우리는 이야기를 나누었다. 나는 이야기를 하며 알리시아의 긴 머리를 빗겨 주었다.

"알리시아 목에 무슨 문제가 있나 봐요. 말을 하지 않아요."

내가 카르멘 할머니에게 말했다. 마리아 아줌마가 고개를 가로저었다.

"그게 아니라 말을 하지 않으려고 하는 거야. 알리시아가 꿈을 꾸면서 네 이름을, 가브리엘라 하고 소리쳐 부르는 걸 들었어. 그래서 오늘 네 이름을 듣고 놀란 거란다. 깨어 있는 동안에도 다시 말을 할 수 있게 되어야 할 텐데."

우리가 이야기를 하는 동안 알리시아는 땅만 내려다봤다. 나는 마리아 아줌마를 돌아봤다.

"제가 아기 안아도 돼요?"

마리아 아줌마는 웃으며 아기를 건네주었다. 나는 아기를 안고 부드럽게 흔들며 그동안 있었던 일을 마리아 아줌마에게 이야기했다.

내가 이야기를 마치자 마리아 아줌마가 입을 열었다.

"그 읍내에서 학살이 있고 6주가 지난 다음에 군인들이 우리 마을에도 들이닥쳤어. 그때 알리시아랑 아기를 데리고 들에 나와 있다가 그대로 도망쳐 북쪽인 멕시코를 향해서 갔지. 집에 들를 새도 없었어."

마리아 아줌마가 이야기하는 동안 나는 잠든 아기를 품에 꼭 안았다. 내가 이 아기가 세상 빛을 보도록 도왔다는 게 자랑스러웠다.

"아기한테 이름 지어 줬어요?"

내가 물었다. 아줌마는 고개를 흔들었다.

"엄마가 벌써 이름을 지어 줬을 거라고 생각해서 그동안은 그냥 아가라고 불렀어."

"이름을 지을 시간이 없었어요."

마리아 아줌마는 잠시 생각하더니 말했다.

"이름이 없다면, 밀라그로(기적이라는 뜻의 에스파냐 어―옮긴이)라고 부르는 게 어때. 많은 사람이 죽어 가는 소용돌이 속에서 살아남았다는 게 기적이니까."

어둠 속에서 나는 고개를 끄덕였다.

"밀라그로, 좋은 이름이에요. 우리의 작은 기적."

밀라그로는 정말 기적 그 자체였다. 나는 갓난아기를 내려다보다가, 내 옆에 바싹 달라붙어 있는 알리시아를 보고, 둘을 꼭 끌어안았다.

"밀라그로 엄마도 그 이름이 좋다고 할 거예요."

내가 말했다. 그리고 알리시아의 길고 검은 머리카락을 쓰다듬었다. 오늘 나에겐 또 하나의 기적이 있었다.

"다시는 두고 가지 않을게."

나는 알리시아에게 속삭였다. 그 순간 내가 또 헛된 약속을 하는 건 아닌가 하는 두려움이 몰려왔다.

먹일 사람이 셋이나 늘어서 나는 더 열심히 뛰어야 했다. 알리시아는 어딜 가든 날 따라왔고, 나는 알리시아가 안전한지도 늘 살펴야 했다. 마리아 아줌마는 아기를 돌보고 아기한테 먹일 수 있는 음식을 구하러 다녔다.

알리시아한테 말을 시켜 보려고 할 때마다, 눈을 보면 알리시아가 머릿속에 여러 가지 생각을 떠올리고 있다는 걸 알 수 있었다. 그렇지만 알리시아는 그 생각들을 침묵 속에 묻어 버렸다. 밤마다 알리시아는 땅바닥에 앉아 작은 나뭇가지로 땅을 파거나, 몸을 앞뒤로 흔들며 야영지 저편을 바라보거나, 아니면 자기만 아는 어딘가를 바라보곤 했다.

다섯 명을 먹이기는 힘든 일이었지만 그래도 우리는 버텨 나갔다. 알리시아가 돌아온 뒤 수용소에는 사람이 점점 더 많아졌다. 아이들의 모습을 보면 특히 마음이 아팠다. 전쟁 때문에 어린 시절을 빼앗겨 버린 아이들이다. 아이들은 울지도, 놀지도, 웃지도, 큰 소리를 내지도 못했다. 아이들은 그동안 매일 두려움에 떨었고, 언제나 조용히 하지 않으면 죽는다는 걸 마음속에 새겨야 했다. 수용소에서도 아이들은 몸을 조그맣게 웅크리고 겁에 질린 얼굴로 주위를 둘러보았다. 익실족이 사는 곳이나, 맘족과 칵치켈족이 사는 곳이나, 우리 키체족이 사는 곳이나, 어디에서나 엄마들은 아이들이 멀리 가지 못하게 했고 울지도 못하게 했다.

알리시아도 똑같았다. 언제나 나한테 매달리고, 웃지도 말하지도 않았다. 아무도 자길 보지 않는 것 같으면 막대기를 들고 땅바닥을 탕탕 쳤다. 어느 때에는 어찌나 세게 쳤던지 조그만 손에서 피가 났다. 말은 하지 않았지만 공포와 상처와 분노에 허덕이고 있다는 건

감출 수 없었다. 매일 밤 나는 알리시아가 여러 가지 감정과 생각에 힘들어하는 걸 보았지만 도와줄 수가 없었다.

어느 날 오후, 나는 길바닥에서 낡은 천조각을 주워 그걸 단단히 감아 공처럼 만들었다. 나는 공을 알리시아한테 굴렸다. 처음에는 가만히 앉아서 보고만 있더니, 내가 자꾸 부추기자 결국 공을 다시 내 쪽으로 밀었다. 일주일 동안 그렇게 하고 나자 마침내 알리시아가 일어서서 공을 발로 찼다. 공을 쫓아 달리기까지는 일주일이 더 걸렸다.

다른 아이들이 자기 엄마 코르테 뒤에 숨어 우리를 훔쳐봤다. 알리시아는 조금씩 놀기 시작했다. 공을 나한테 뺏기지 않으려고도 하고 공을 몰고 가는 나를 따라오기도 했다. 하지만 여전히 말 한 마디 하지 않았고 침묵의 세계 속에 숨어서 나오지 않았다.

나는 날마다 시간을 내서 놀았다. 먹을 것을 전혀 구하지 못한 날도 거르지 않았다. 더워지기 전 이른 새벽에 주로 놀았고, 해가 진 다음 저녁때도 놀았다. 알리시아는 이따금 공을 차면서 낑하는 소리를 내기도 했지만, 그게 전부였다.

어느 날 저녁, 알리시아와 내가 공차기를 하고 노는데 남자아이 하나가 다가왔다. 아이는 놀이의 유혹을 이겨내기 힘든 듯 천천히 우리 쪽으로 걸어왔다. 나는 누더기 공을 남자아이 쪽으로 찼고, 아이는 망설이다가 공을 되 찼다. 내가 다시 차자 공이 남자아이 뒤쪽으로 흘러갔다. 아이는 잠깐 동안 굳은 얼굴로 공을 노려보더니, 천천히 공을 따라가 다시 우리 쪽으로 걸어찼다. 그때부터 그 아이, 알프레도는 우리가 놀 때마다 나타나 같이 공을 찼다. 그렇게 사흘을 놀고 나자 알프레도는 처음으로 뛰었다. 그리고 또 한참이 지난 뒤에는 웃었다.

그러나 다른 아이들은 여전히 보고만 있었다.

다음으로 낀 아이는 키가 크고 호리호리한 라우라라는 여자아이였다. 열한두 살 정도밖에 안 된 것 같았지만 키가 큰데다가 눈빛이 진지하고 생각에 사로잡힌 듯해서 훨씬 나이가 들어 보였다. 라우라는 주저하듯 공을 발로 밀었고, 공이 밀려갈 때마다 화가 난 듯 주먹을 꼭 쥐고 입술을 악물었다.

공을 똑바로 잘 차는 게 중요한 게 아니었다. 웃는 게 중요했다. 나는 공을 찰 때마다 일부러 헛발질을 하고, 넘어지는 척하기도 했다. 마침내 라우라의 입가에 희미한 미소가 떠올랐다. 나 자신도 마음속에는 울음이 치받치는데 웃으면서 즐거운 척하기는 쉽지 않았다. 그렇지만 같이 노는 아이들이나 구경하는 아이들의 얼굴에 조심스러운 미소가 스치는 걸 보면 기분이 좋았다.

매주 용기를 내어 놀이에 끼는 아이들의 수가 늘었다. 아이들은 누더기 공을 매일 조금씩 더 세게 걷어찼다. 어느 때에는 난폭할 정도로 걷어차기도 했다. 무슨 일이 있었기에 아이들의 마음속에 저런 분노가 쌓였을까 생각하면 가슴이 아팠다. 웃음이나 말소리가 입에서 터져 나오는 일은 거의 없었다. 있더라도 자기도 모르게 우연히 튀어나온 것이었다.

누더기공이 너덜너덜 자꾸 풀어져서, 나는 얼굴을 익힌 구호 요원한테 다가갔다. 그리고 용기를 내어 이렇게 부탁했다.

"공 한 개 구해 주실 수 있어요?"

미국인 구호 요원은 고개를 가로저었다.

"여기가 놀이터니? 여긴 난민 수용소잖아."

"아이들은 다시 행복해지는 법을 배워야 돼요."

구호 요원이 화를 내지 않을까 겁이 났지만 나는 계속 매달렸다.

"행복해지려면 놀이가 필요해요. 놀기 위해서 제대로 된 공이 필요하고요."

"수용소에 필요한 건 의약품과 식량이야."

요원이 엄한 목소리로 말했다.

"공이 약이에요. 아이들을 다시 행복하게 만들어 주는 약이오."

나는 고집을 꺾지 않았다. 마침내 요원은 마음이 움직인 듯 이렇게 약속했다.

"한번 찾아볼게."

"고맙습니다."

내가 말했다.

나는 날마다 그 요원을 찾아가 물었다.

"공 구하셨어요?"

그럴 때마다 요원은 고개를 흔들었다.

"찾고 있어."

요원이 대답했다.

"좀 더 신경 써 주실 수 없어요? 아이들은 오늘 행복해져야 해요. 내일이면 늦어요. 제발요."

하루는 내가 이렇게 애원했다.

내가 너무 귀찮게 굴어서였는지 어쩐지는 몰라도, 다음 날 또 가니까 요원이 자기 밴 운전대로 가서 가죽으로 된 진짜 공을 꺼내 주었다. 요원은 그걸 축구공이라고 불렀다.

"어디서 구하셨어요?"

내가 물었다. 요원은 쿡쿡 웃으며 말했다.

"다른 구호 요원 걸 그냥 들고 왔어. 그 사람은 자기가 공을 기부했다는 사실도 몰라. 잘 간수해야 돼. 또 구하긴 힘드니까."

"그럴게요. 그럴게요."

내가 다짐했다.

그날 밤 아이들한테 진짜 가죽 공을 선보이면서 나는 세상에서 제일 부유한 사람이 된 것 같은 기분이었다. 소문이 금세 퍼져서 야영지의 다른 쪽에 사는 아이들도 같이 놀려고 왔다. 공놀이를 하지 않을 때는 도둑맞을까 봐 공을 마리아 아줌마한테 맡겼다. 수용소에서는 지키지 않으면 남아나는 물건이 없다. 마리아 아줌마가 요리를 하거나 밀라그로를 돌보느라 너무 바쁠 때는 내가 공을 갖고 다녔고, 매일 밤 한쪽 옆에는 알리시아를, 다른 쪽 옆에는 공을 두고 잤다. 우리 모두에게 아주 큰 의미가 있는 물건이었으므로 한시라도 잃어버릴 수 없었다.

밀라그로가 포동포동한 다리 사이에 공을 끼고 앉아 몇 시간이고 앞뒤로 굴리며 놀 때도 있었다. 마리아 아줌마와 나는 늘 일부러 시간을 내서 밀라그로와 놀아 줬다. 이제는 우리가 밀라그로의 엄마이니까 관심을 쏟아 주고 배불리 먹여 주어야 했다. 밀라그로는 각설탕 모양으로 생긴 고형 수프를 갖다 주면 빨아 먹으며 좋아했다. 뺨에 보조개가 패고 머리는 곱슬거리는 귀여운 얼굴이었지만 고집이 있다는 걸 숨길 수 없었다. 짧은 삶 동안 이 아기는 강하고 질겨져야만 했던 것이다.

알리시아는 내내 말을 하지 않았고 도무지 마음을 열려 하지 않았다. 그렇지만 나는 어느 날 밤 늦은 떠돌이고양이가 음식물 찌꺼기를 찾아 우리 야영지로 왔을 때 한 가닥 희망을 느꼈다. 알리시아는 막대기를 쥔 채로 조심스레 고양이에게 다가가 웅크리고 앉았다. 나는 알리시아가 고양이를 때리지 않을까 걱정했지만, 알리시아는 손을 뻗어 고양이를 부드럽게 쓰다듬었다. 알리시아는 누가 자길 쳐다보고 있지는 않은지 확인하기 위해 뒤를 돌아봤다.

그날 이후로 알리시아는 날마다 조금씩 음식을 남겼다. 그리고 아무도 안 본다고 생각할 때 고양이한테 가서 먹이를 줬다. 우리는 고양이가 야영지 근처로 오면 다들 바쁜 척했다.

시간이 지나면서 카르멘 할머니와 마리아 아줌마는 아주 친해져서, 먹을 걸 나누어 먹고 함께 땔감을 구하러 다녔다. 나는 거의 열여섯 살이 됐다. 전쟁이 몇 달, 몇 년이고 끝나지 않으리란 생각이 들었다. 수용소에서 살고 싶은 사람은 아무도 없겠지만, 다른 도리가 없었다.

그래서 나도 저녁이면 모닥불 가에 둘러앉아 피난민들이 멀리 떨어진 다른 곳, 특히 미국 이야기를 하는 걸 듣곤 했는지 모른다. 나도 사람들 사이에 끼여 쓰레기장 같은 이곳 밖에 있는 엄청난 기회에 대한 이야기를 듣는 걸 즐겼다. 그리고 마리오 살바도르라는 선생님이 보고 싶었기 때문이기도 하다. 마리오는 거의 말을 하지 않았지만 나를 보면 늘 웃어 주었다. 다른 사람들도 나처럼 마리오가 아껴서 하는 몇 마디에 귀 기울인다는 걸 알 수 있었다.

사람들은 밤마다 미국으로 탈출하는 방법에 대해 이야기했지만, 토론은 늘 누군가가 이런 말을 해서 사실을 일깨워 주는 것으로 끝이 났다.

"불법이고 위험해요. 무엇보다도 돈이 있어야 하고."

내 생각에, 살아가는 건 이미 언제나 위험했다. 난민 수용소에서 돈을 버는 건 불가능했다. 돈을 가진 사람이 아무도 없기 때문이다. 옥수수나 커피를 심을 땅도 없고, 농작물을 내다 팔 장도 없다. 수용소에 있는 물건은 모조리 얻은 것이거나 서로 맞바꾼 것이거나 아니면 훔친 것이었다. 그리고 희망을 구하려면 어디로 가야 하는가? 희망은 쌀이나 콩처럼 트럭 뒤에서 나눠 줄 수 있는 것이 아니었다.

수용소 학교

　세월이 흐르면서 피난민들이 새로 도착했고 군 암살대와 과테말라 시골 마을의 학살에 대한 새로운 이야기도 전해 주었다. 잡혀 가서 다시 돌아오지 않는 사람의 수가 매일 늘어 가고, 피난길에 군인들에게 습격을 당하는 사건도 많아진다고 했다. 우리는 과테말라 카이빌이 우리 수용소를 습격하지 않을까 두려워했다.
　우리는 여전히 두려움 속에 살았지만 그해 말에는 식료품과 구호품을 기증하는 트럭 수도 두 배 이상 늘었다. 구호 요원들이 노인과 병자들이 지낼 함석 건물을 두 줄로 짓기 시작했다. 그렇지만 음식을 구하기는 여전히 힘든 일이었다. 힘센 사람들이 힘으로 사람들을 밀치고 앞으로 나갔고 늙고 병든 사람들은 무기력하게 지켜볼 도리밖에 없었다. 어느 날은 온 가족이 하루 종일 기다리고도 마지막 트럭이 짐을 텅 비우고 돌아가는 걸 두고 보는 수밖에 없었다.

어느 날 나는 트럭이 오는 걸 보고 달려갔다. 사람들이 몰리기 전에 운전사가 운전석에서 내렸다. 운전사는 막대기를 들고 트럭에서 공터까지 흙바닥 위에 길게 선을 그었다.

"이 줄 위에 서 있는 사람한테만 식량을 주겠소."

운전사가 외쳤다. 처음에는 피난민들이 몰려들어 앞쪽에 서려고 서로 밀쳤지만, 조금 지나자 다들 차분하게 줄을 서서 기다렸다. 나는 운전사가 한 일이 마음에 들었다. 평상시에는 늙고 병든 사람한테는 기회가 없었던 것이다. 그 전에는 식수 트럭 앞에서만 사람들이 줄을 섰다. 식수 트럭은 수도꼭지가 하나밖에 없으니까 한 줄로 설 수밖에 없었던 것이다.

다른 운전사들도 그 모습을 봤던 모양이다. 오래지 않아 모든 트럭에서 줄을 서지 않으면 구호품을 풀어 놓지 않겠다고 했다. 그러자 트럭이 오기 전부터 사람들이 줄을 서기 시작했다. 그러고 나니 그때부터는 식량을 구하는 데 시간이 별로 걸리지 않게 되었다. 그리고 처음으로 난민들이 야영지에서 서로 이야기를 나누는 모습도 보이게 되었다.

한가해지자 나는 불안해졌다. 눈만 뜨면 일에 빠져서 밀려오는 감정과 생각에서 달아나곤 했는데 이제 그럴 수 없었던 것이다. 저녁에는 알리시아를 데리고 남자들이 수용소 밖의 삶에 대해 이야기하는 곳으로 갔다. 나는 어리고 여자이기 때문에 남자들이 대화하는 동안에는 없는 존재나 다름없었을 것이다. 그렇지만 다른 사람들이 가고 마리오 살바도르가 늦게까지 남아 있을 때는, 마리오 옆에 가서 이야기를 나눴다. 마리오는 마누엘 선생님보다 어리지만 꼭 마누엘 선생님 같은 느낌이 들었다.

마리오 덕분에 나는 앞날에 대한 새로운 희망을 찾을 수 있었다. 마리오는 물을 내릴 수 있는 변소나 수영장 이야기는 하지 않았다. 마리오는 어린아이들에 대해 이야기하고, 전쟁 때문에 아이들이 겪어야 하는 비극에 대해 말했다. 인디오와 자긍심에 대해서도 이야기했다. 처음으로 나는 내 킨세아녜라 날 밤의 사건에 대해 입을 열 수 있었다. 장에 갔다가 우리 마을에 돌아왔을 때의 일도 이야기했고, 읍내에서 있었던 학살에 대해서도 입을 떼었다. 마리오는 차분히 내 이야기를 들어 주었고, 이해한다는 걸 보여 주기 위해 다정하게 고개를 끄덕였다. 가끔은 소리 없이 눈물을 흘리기도 했다.

마리오는 자기 이야기는 거의 하지 않았지만, 군인들한테 아내를 잃었다는 이야기를 했다.

"아내를 무척 사랑했단다."

마리오가 말했다.

어느 날 밤 나는 마리오에게 물었다.

"전쟁이 언제 끝날 거라고 생각하세요?"

"어떤 전쟁?"

마리오가 되물었다.

"군대와 반군이 벌이는 이 전쟁 말고 다른 전쟁이 또 있어요?"

마리오는 고개를 저었다.

"그건 여러 전쟁 가운데 하나일 뿐이야. 네 경우에는, 여자라는 것도 평생 치러야 할 전쟁이야. 그리고 우리 둘 다, 인디오이기 때문에 군인들이 등장하기 전부터 전쟁을 해왔다고 할 수 있어."

나는 고개를 끄덕였다. 맞다, 나는 그 전부터 열심히 싸우고 있었다. 마리오가 말을 이었다.

"3년 전에 우리가 살던 마을에 가뭄이 들었어. 밭이 황무지가 되어 버렸지. 결국 어쩔 수 없이 우리 형, 에드가르와 아버지가 면화 수확철에 서부 해안으로 가서 면화 따는 작업을 하기로 했어. 나는 무척 걱정되었지. 부유한 라티노들이 인디오를 어떻게 취급하는지 들었기 때문이야. 형과 아버지는 트럭 뒤 칸을 얻어 타고 종일 가서야 해안에 도착했어. 거대한 농장에서 일했는데 농장주가 형과 아버지를 개처럼 다루었지. 한 달 정도 일했을 때 농장주가 한 마디 경고도 없이 비행기로 밭에 농약을 뿌렸어. 농약이 에드가르 형과 다른 노동자 둘의 몸에 쏟아졌어. 농약 물보라가 걷히고 난 후 세 사람은 숨을 쉬지 못했고, 헐떡이며 두 손으로 얼굴을 움켜쥐고 있었대. 농장주는 노동자들한테 미리 알렸다고 주장했지만, 아버지 말은 그날 농장주는 농장에 있지도 않았다는 거야. 형은 사흘 동안 온몸에 물집이 잡히고 숨을 잘 쉬지 못해서 아버지가 집으로 데리고 올 수밖에 없었어. 쿠란데로가 한 달 동안 약초로 형을 치료하려고 자기가 아는 온갖 방법을 다 써봤지만 효과가 없었어. 형은 숨이 점점 가빠지더니 결국 숨을 거두었지. 우리가 할 수 있는 일이 아무것도 없었어. 우리가 인디오이기 때문이지. 라티노들과 정부는 우리의 요구, 우리의 목숨에 개 짖는 소리만큼도 신경 쓰지 않아. 그 농장주가 자기 개들한테라면 그렇게 농약을 뿌렸을까. 에드가르 형이 죽었을 때 우리가 할 수 있는 일은 형을 묻어 주고 기도하는 것밖에 없었어."

마리오는 땅바닥을 내려다보며 말했다. 마리오의 목소리는 뜨거운 햇볕 아래의 진흙덩어리처럼 점점 단단해져 갔다.

"에드가르 형이 죽은 뒤 아버지는 다시 농장에 찾아갔지만 농장주는 아버지를 만나 주지도 않았어. 농장주는 아버지더러 소동을 피운다면서 당장 돌아가지 않으면 체포될 거라고 으름장을 놓았지. 결국 아버지는 자기 아들을 죽인 인간에게 사과 한 마디도 받지 못하고 돌아섰어. 인디오는 불평할 권리도 없는 거야."

"정말 안됐어요."

내가 말했다. 마리오가 고개를 끄덕였다.

"우리가 싸워야 할 적, 치러야 할 전쟁은 한둘이 아니야."

마리오가 말했다.

그날 밤 마리오가 한 이야기 때문에, 이튿날 나는 식수 트럭에 줄을 서서 기다리면서 우리 민족, 인디오를 생각했다. 여기 수용소에서, 한 세대의 아이들 전체가 어떤 종류의 교육도 받지 못하고 자라고 있다. 옷을 짜는 법도, 곡식을 기르는 법도, 요리를 하는 법도 모른다. 읽거나 쓰는 법은 말할 것도 없다. 거지 떼처럼 수용소에서 하루 벌어 하루 먹는 것밖에 모르고 더럽게 살아가는 것이다. 그날 줄을 서 있다가 머릿속에 어떤 생각이 떠올랐다.

일주일 뒤, 마리오와 이야기를 나누다가 내 생각을 밝혔다.

"아이들을 위해 학교를 여는 게 어때요?"

마리오는 내가 농담을 하는 건지 아닌지 보려는 듯 내 얼굴을 쳐다봤다.

"선생님이 여기 있잖아요."

내가 미소를 띠며 말을 이었다.

"지금으로선 여기가 우리 집이고, 몇 년을 더 있어야 할지 모르잖아요. 아이들은 교육을 받아야 해요. 그렇지 않으면 인디오라는 걸 평생 수치로 여겨야 할 거예요."

마리오가 고개를 끄덕였다.

"네 말이 맞다. 긍지와 자부심을 배우지 못하면 아이들은 아무것도 아닌 존재가 되고 말 거야."

그 순간 나는 마리오 살바도르가 훌륭한 선생님이란 걸 알 수 있었다. 훌륭한 선생님은 자기 머리에서 나온 생각이 아니라 어린 여자애의 머리에서 나온 것이라는 이유로 그 생각을 무시하지 않는 사람이다. 좋은 선생님은 새로운 생각을 받아들인다. 마누엘 선생님이 그랬듯이.

그날 밤이 깊도록 우리는 새 학교에 대해 이야기를 나누었다. 마리오는 자기가 교사를 맡고 내가 어린아이들을 가르치는 걸 돕는다는 계획에 동의했다. 종이와 연필을 구할 수 있으면 좋을 것이다. 공을 구했으니 학용품도 구할 수 있을 것이라고 확신했다.

"아이들이 학교에 오기까지는 상당히 오래 걸릴 거야."

마리오가 너무 기대하지 말라는 듯 말했다.

"무슨 일이든지 시간이 걸리는 법이죠. 심지어 굶어 죽는 것도 그래요."

내가 말했다. 마리오가 미소를 지었다.

"네가 어떻게 살아남았는지 알겠다. 너는 쉽게 죽기엔 너무 질긴 애야."

나는 웃으면서, 내가 살아남은 건 겁쟁이였기 때문이라는 생각을 억누르려고 애썼다.

그 주일의 끝 무렵, 나는 수용소에서 키체 지역을 돌아다니며 학교를 연다는 사실을 알렸다. 부모들에게도 오라고 했다. 대부분 아이들이 날 알고 있고, 공놀이를 같이 해서 서로 익숙하긴 하지만 아직 혼자 오기는 무서울 것이다.

10월에 학교가 시작되었다. 멕시코 치아파스(멕시코 남동쪽의 주(州). 동쪽으로는 과테말라 국경과 접한다—옮긴이) 지역에 비가 많이 내리는 시기이다. 학교 첫날에도 주룩주룩 비가 내렸다. 아이들이 발목까지 잠기는 진흙탕을 걸어 우릴 찾아왔다. 빗속에 비닐과 판지 조각을 덮고 앉아 있기는 쉬운 일이 아니었다. 칠판도 책상도 없는 교실에서 무얼 배운다는 것도 마찬가지로 어려웠다. 그렇지만 아무것도 배우지 않고 희망을 버리는 것보다는 나았다.

첫날 모인 학생들은 눈에 두려움과 의심이 가득했다. 그렇지만 호기심에 못 이겨 우릴 찾아온 것이었다. 마리오는 비가리개도 없이 서서 서른 명 정도 되는 아이들과 그와 비슷한 수의 부모들을 맞이했다. 그때 마리오가 한 행동에 나는 깜짝 놀랐다. 마리오는 구석으로 가더니 땅에서 납작해진 죽은 쥐를 집어 올렸다.

"이게 뭘까요?"

마리오가 죽은 쥐를 흔들며 아이들에게 물었다. 어떤 아이들은 비명을 질렀고 어떤 아이들은 웃었다.

"아기 군인이야."

마리오가 말했다. 아이들과 부모들은 불안한 웃음을 지었다.

"한번 맞혀 봐라. 몸무게가 70킬로그램이나 나가면서 생쥐를 보고 도망가는 게 뭘까?"

마리오가 물었다. 아무도 대답을 않자 마리오가 말했다.

"총이 없는 군인이야."

마리오는 '나쁜 군인 시리즈' 농담을 해서 피난민들이 자기들에게 그토록 끔찍한 상처를 준 괴물을 마주하고 떨쳐 버릴 수 있게 한 것이다. 몇 분 지나지 않아 다른 아이들도 나쁜 군인 시리즈를 만들어 내기 시작했다.

"이건 뭐게요?"

페드로라는 이름의 남자아이가 팔을 파닥거리고 뱅뱅 돌면서 물었다. 우리는 모두 어깨를 으쓱했다.

"헬리콥터가 없는 군인이에요."

어린 꼬마의 농담에 다들 웃음보를 터뜨렸다.

한 아버지가 물었다.

"돼지랑 군인을 섞으면 뭐가 될까?"

"못생긴 돼지요."

한 아이가 소리쳤다.

"아냐."

문제를 낸 아버지가 대답했다.

"아무것도 안 돼. 돼지들도 군인은 싫어하거든."

어떤 농담은 슬프고 잔인한 진실이 담겨 있어서 내 기억의 아픈 데를 건드리기도 했다.

"군인이 고해 성사를 하러 가면 무얼 하게?"

어떤 어머니가 물었다. 어머니의 답은 이런 것이었다.

"아무것도 안 해. 그냥 혼자 앉아 있는 거지. 왜냐하면 신부님을 벌써 죽였거든."

나쁜 군인 시리즈가 끝나고 나자 마리오는 아이들에게 장난기 어린 투로 질문을 던져 각각 얼마나 아는지를 알아봤다. 대부분이 읽을 줄도 쓸 줄도 몰랐다. 그래서 알파벳 공부부터 시작하기로 했다.

"A, B, C, D, E."

다 같이 따라 했다. 마리오는 불가에서 가져온 숯으로 널빤지에 글씨를 썼다. 아이들은 게임을 하듯이 글씨를 익히고 자기 이름과 다른 아이들의 이름을 보고 구분하는 법을 익혔다.

더 많은 아이들이 학교에 오게 하려고 나는 이렇게 선언했다.

"오늘부터는 학교에 나오는 아이들만 가죽 공으로 공놀이할 수 있어."

학교가 처음 문을 열었을 때는, 내가 수용소에 온 지 거의 1년 반이 지났을 때였다. 그동안 많은 변화가 있었지만, 가장 중요한 변화는 아이들의 목소리와 웃음소리가 사방에서 들리기 시작했다는 것이었다. 나는 여전히 내 마음속으로 들어오려는 많은 것들을 부러 밀어 냈지만, 하나씩 둘씩 아이들이 내 마음에 들어오기 시작했다. 삼촌과 단둘이서 마을에서 탈출한 이사벨이라는 꼬마가 있었다. 그리고 만나는 사람마다 장난을 거는 펠리페라는 아이도 있었다. 미겔, 루시, 오스카르 등등 많은 아이들을 사랑하게 되었다. 저마다 슬픈 이야기를 간직하고 있었다. 다들 힘겨운 문제를 안고 있었지만, 한편 잠재된 가능성을 품은 아이들이었다.

알리시아는 매일 학교에서 말없이 앉아 있었다. 이제 여섯 살이 거의 다 됐다. 어느 때에는 제법 언니답게 밀라그로를 무릎에 앉히기도 했다. 알리시아는 여전히 말을 하지 않으려 했지만 나는 알리시아의 침묵을 받아들이게 됐다. 수용소에서 방수막을 더 구했기 때문에 널빤지와 밧줄을 이용해 천막을 치고 각자 따로 잘 수 있게 됐다. 알리시아와 나는 함께 잤다.

나날이 학교에서 아이들은 조금씩 더 배워 나갔고, 내가 마리오를 도와 아이들을 가르치는 시간도 늘어 갔다. 구호 요원들이 우리 학교 이야기를 듣고는 연필과 종이를 구해 주겠다고 약속했다. 나는 아이들을 가르치면서 어떤 만족감을 느낄 수 있었다. 우리 부모님에게, 언젠가 내가 배운 것을 다른 아이들에게 가르치겠다고 약속했었다. 적어도 내가 한 약속 중 하나는 지키는 셈이다.

시간이 지날수록 자신감이 점점 자라났다. 그러던 어느 날, 학교를 연 지 석 달이 지났을 때, 흐리고 바람 부는 오후에 마리오가 나를 찾아왔다. 아이들은 그날 수업을 마치고 가랑비 속에서 공을 차는 중이었다. 더러운 수용소 여기저기에서 벌써 요리용 불이 타올랐다. 불은 빗속에서 칙칙거리며 깜박거리며 탔다. 나도 우리 불 앞에 웅크리고 앉아 토르티야를 만드는 중이었는데, 등 뒤에서 마리오의 조용한 목소리가 들려와서 깜짝 놀랐다.
"가브리엘라, 난 여길 떠난다."
마리오가 말했다.

마치치나무 아래에서

마리오의 말에 주먹으로 명치를 얻어맞은 것 같았다. 마리오는 충격을 받은 내 눈을 보고 이렇게 말했다.

"과테말라로 돌아가 반군에 가담해서 싸울 거야."

"무슨 소리예요?"

나는 마리오가 하는 말을 이해하려고 애쓰며 더듬거렸다.

"아이들은 어떡하고요?"

"네가 가르치면 되잖아. 반군을 도와서 싸우는 게 내가 나라를 위해 할 수 있는 최선의 일이라고 생각해. 군인들은 사악한 집단이 되었어. 그 누구도 상상하지 못할 정도로 사악해졌지."

"언제 그런 결심을 하셨어요?"

내가 물었다.

"컵에 언제 물이 가득 차지? 아주 오래 전부터 차오르기 시작했던 컵이야. 점점 더 많은 인디오가 반군에 입대하고 있어. 이제는 이게 우리의 유일한 희망이라는 생각이 들어."

"언제 떠나실 건데요?"

"지금."

마리오가 조용히 말했다. 나는 울음을 터뜨리며 마리오를 와락 안았다.

"저도 갈래요."

내가 매달렸다. 마리오는 손으로 내 얼굴을 감싸고 이마에 살짝 입을 맞췄다.

"너는 여기 아이들과 함께 있어야 해. 최고의 선생님이 되렴. 넌 아주 특별한 사람이야. 언젠가 다시 만날 수 있겠지."

그 말과 함께 마리오는 등을 돌렸고 갑자기 나타났던 것처럼 갑자기 사라져 버렸다. 나는 혼란에 빠졌다. 마리오가 이렇게 가버릴 수는 없다. 아이들을 가르치는 건 마리오와 내가 함께 꾸었던 꿈이다. 나 혼자만의 꿈이 아니었던 것이다. 학교가 나 하나만의 책임이 되는 건 바라지 않는다. 그리고 만약 마리오가 다치거나 죽는다면?

나는 아무 생각 없이 무작정 알리시아를 데려왔다.

"우리도 떠날 거야."

어디로 가야 할지도 모르면서 나는 이렇게 말했다. 그렇다는 사실을 나 스스로 인정한 적은 없지만, 마리오는 내가 산미겔 난민 수용소에 남아 있는 유일한 이유였던 것이다. 마리오가 떠난다고 하니까 나도 떠나고 싶었다. 마리오가 없다면 아이들을 가르치고 싶지도 않았다. 어딘가에서 다른 살 곳을 찾을 것이다. 갑자기 허전함이 밀려왔다. 어렸을 때 우리 마을에서 살던 것처럼 다시 살고 싶었다. 예전의 삶이, 우리 가족이 그리웠다. 군인들이 나타나기 전의, 학살이 있기 전의 행복한 시절로 돌아가고 싶었다.

내가 허겁지겁 방수막을 걷고 낡은 담요를 개는 동안 알리시아는 놀란 듯 눈을 크게 뜨고 나를 쳐다봤다. 나는 짐을 꾸리며 머릿속으로는 떠나야 하는 이유를 정당화했다. 이 수용소는 나의 긍지와 존엄성을 거의 무너뜨렸다. 우리 마을은 깨끗한 곳이었다. 분뇨와 무심함으로 더럽혀진 이런 곳과는 달랐다. 과테말라의 우리 고향에는 무성하고 푸른 숲이 있고 시냇물이 흐르고 알록달록한 새가 날고 동이 트기 전에 수탉이 울어 댄다. 씨를 뿌리는 시기에, 어린아이들까지 모두 나와 우리 어머니, 대지의 자궁에 조심조심 씨앗을 심던 때가 절실히 그리웠다. 내 마음속 깊은 곳에 묻어 두었던 기억이었다.

그러나 솥에 토르티야를 싸면서도 나는 내 기억이란 건 단지 되살리고 싶은 친근하고 익숙한 것들뿐이라는 걸 알았다. 노인이 젊은 시절을 떠올리고 싶어 되풀이해 들려주는 이야기나 다름없다. 더는 현실이 아닌 것이다.

마리아 아줌마, 카르멘 할머니, 밀라그로가 천막에 없어서 다행이었다. 그 사람들이 있었으면 떠나기 힘들었을 것이다. 나는 이렇게 간략한 메모만 남겼다.

'집을 찾으러 떠납니다.'

짐을 꾸리는 동안 머릿속에 생각이 밀려들었다. 내 삶에서 분명한 건 오직 한 가지뿐이었다. 지금 이 순간. 나는 남의 나라에 피난 온 난민이고, 어떤 권리도 미래도 없고 존중받지도 못한다. 그렇지만 미국에는 가지 않을 것이다.

내가 살던 마을의 세계는 땅과 하늘과 자연이 주는 것들로 이루어져 있었다. 태양은 나의 아버지였다. 나의 어머니는 달이고 땅이었다. 내가 필요로 하는 것은 뭐든 하늘과 땅이 주었다.

그링고들은 그런 어머니도 아버지도 알지 못한다. 그들은 차와 컴퓨터와 텔레비전과, 자기들이 만들어 낸 물건의 세계밖에는 모른다. 저들이 사는 땅은 조상들의 신성한 재가 묻혀 있지도 않고 자식들의 신성한 태가 묻혀 있지도 않다. 조상들이 걸은 길을 이해하지 못한다면, 내가 앞으로 걸어갈 길도 결코 이해하지 못할 것이다. 누군가 우리 마야 인들의 풍요한 전통을 미국의 편리한 미래와 맞바꾸란 생각을 하면 서글펐다.

내가 가진 물건 전부를 숄에 싸서 봇짐처럼 등에 진 다음, 알리시아의 손을 쥐고 서둘러 야영지에서 빠져 나갔다. 나는 사라진 집을 찾아 헤매는 넋 나간 사람처럼 정신없이 앞으로 나갔다. 기억과 꿈, 희망과 두려움이 밀려와 혼란 속에서 갈팡질팡했다. 분노와 불만으로 수용소를 떠났지만, 이곳을 떠나 어디로 가게 될지 알 수 없었다.

떠난다는 것은 무서운 일이었다. 그러나 머무르는 것도 마찬가지였다. 돈은 한 푼도 없었고, 알리시아와 걷거나 아니면 트럭 뒤를 얻어 타면서 되는대로 가야 했다. 그렇지만 그래야 한다면 뭐라도 할 결심이 서 있었다.

내가 만든 토르티야로 며칠 동안은 버티겠지만, 그 다음에는 아무 것도 보장된 것이 없다. 멕시코는 아주 큰 나라다. 내가 가진 것이라고는 지금 지닌 것 말고 아무것도 없다. 과거와의 유일한 연결 고리는 나한테 모든 걸 의존하는 여섯 살짜리 벙어리 동생뿐이다. 또다시 익숙한 모든 것과 헤어져야 한다고 생각하니 두려움이 밀려왔다. 마리아 아줌마, 카르멘 할머니, 밀라그로, 내가 도와주었던 아이들, 그리고 나를 도와주었던 사람들, 모두가 내 머릿속에 기억으로 잊혀 갈 것이다.

내가 갑자기 떠난 것에 대해 마리아 아줌마와 카르멘 할머니는 상처를 받을 것이다. 하지만 난 그 사람들의 딸이 아니다. 그 두 사람의 꿈은 어떻게 되었을까? 미래는? 수용소에서 평생 살기를 바라는 걸까? 어느 쪽이든 나 없이도 살아갈 수 있을 것이다. 다른 아이들은, 내 책임이 아니다. 밀라그로도 마찬가지다. 내가 돌보아 오긴 했지만. 아기 밀라그로가 그립긴 하겠지만, 마리아 아줌마가 잘 돌봐 줄 것이다. 알리시아만이 유일한 진짜 내 혈육이다. 우리가 정말로 집이라고 부를 수 있는 곳을 찾기 위해 나는 어떤 희생이라도 치를 각오가 되어 있었다.

도로 쪽으로 가기 위해 야영지 가운데를 가로질러 걸었다. 산미겔 난민 수용소의 방수막, 널빤지로 세운 집, 비닐 텐트 사이로 바삐 걸었다. 2년 전 내가 처음 여기 왔을 때하고는 많이 달랐다. 삶은 여전히 팍팍했지만 아이들은 이제 웃고 소리를 질렀다. 사람들은 차분히 줄을 서서 구호품을 기다렸다. 시체를 실어 가는 트럭도 요새는 매일 아침 야영지를 누비고 다니지 않는다. 트레일러에 조그만 진료소까지 차렸다. 간호사들에게 진찰을 받기 위해 선 줄이 야영지를 가로질러 죽 늘어서기도 했다.

"안녕, 가브리엘라."

우리가 지나가자 사람들이 인사를 했다.

"가브리엘라, 우리랑 놀아요."

아이들이 불렀다.

"내일 보자."

내가 외쳤다.

이상하게도 오늘은 모든 사람이 날 알아보는 것 같았다. 우리가 탈출하기 위해 서둘러 걷는데 여기저기에서 손을 흔들고 우리를 불렀다.

"가브리엘라, 이리 와봐."

어떤 아줌마가 나를 불렀다.

"이것 좀 봐라."

아줌마가 너무 가까이 있었기 때문에 마지못해 나는 걸음을 멈추고 아줌마의 아들이 종이에 연필로 글씨를 쓰는 걸 봤다. 대문자로 크게 'THOMAS'라고 썼다. 아이는 나를 올려다보고 빠진 앞니를 드러내며 활짝 웃었다.

"토마스."

아이가 말했다.

"나 내 이름 쓸 수 있어요."

"잘 했어. 열심히 했구나."

내가 말했다.

"아냐, 열심히 한 건 너지. 학교를 열고 선생님을 데려오고 아이들을 모은 건 너잖니. 네 덕분에 학교가 생겼어. 그래서 토마스가 자기 이름을 쓸 수 있게 된 거야. 다 네 덕이다."

아줌마가 말했다.

"내일은 성을 쓰는 법을 배울 거예요. 가르쳐 줄 거죠?"

토마스가 말했다.

나는 속에서 치밀어 오르는 감정을 억눌렀다. 이곳은 헛된 희망에 매달려 사는 사람들로 가득한 난민 수용소다. 나는 여길 떠나 진짜 희망을 찾아갈 것이다. 알리시아와 내가 살아갈 진짜 집을 찾아 떠나는 건 절대 잘못된 일이 아니다. 그러나 이렇게 감정을 억누르려고 애쓰면서도, 나는 우리 집이 어디에 있을지, 어떤 것일지 알 수 없었다.

나는 토마스에게 고개를 끄덕여 보였다. 그러나 그건 거짓말이었다. 나는 떠난다.

야영지 가장자리에 왔을 때는 벌써 어둑어둑했고 어디에서 밤을 보내야 할지 몰랐다. 밤에 길을 따라 걷는 건 위험했다. 나는 별로 생각해 보지도 않고 결정을 내리고, 알리시아와 같이 야영지를 멀리 벗어나 가까운 언덕에 있는 마치치나무 쪽으로 갔다. 어두워지면 마치치나무 아래에서 자고, 동이 트기 전에 일어나 다른 곳을 찾아 여행을 떠날 것이다.

마치치나무에 도착하자 나는 숄을 펼치고 넓은 나뭇가지 아래 낡은 담요를 깔았다. 분노의 감정이 부글부글 끓어올랐다. 수용소를 떠나는 건 생각했던 것보다 훨씬 힘든 일이었다. 그렇지만 떠나는 게 옳았다고, 게다가 마리오가 떠났으니 당연한 일이라고 스스로를 계속 타일렀다.

나는 담요 위에 누웠다.

"이리 와 누워."

나는 알리시아에게 엄한 목소리로 말했다.

알리시아는 내 말을 듣지 않았다. 나무로 걸어가 딱딱한 바닥에 앉아 나뭇가지 사이로 어둑한 하늘을 올려다봤다. 벌써 별 몇 개가 반짝이기 시작했다.

"이리 와 자."

나는 더 날카로운 목소리로 다시 말했다.

"내일은 길고 힘든 여행을 떠날 거야. 잠을 자 둬야 해."

알리시아는 내 말을 계속 무시하며 혼자 앉아 하늘을 봤다.

나는 화를 내며 알리시아를 억지로 데려오려고 일어섰다. 그러다 멈칫했다. 지금 알리시아는 침묵을 지키며 그랬던 것보다 더 멀리 자기 속으로 잠겨 버렸다. 알리시아가 너무 멀리 있어 나는 더더욱 외로웠다. 나한테는 벗이 필요하다는 사실을 인정하고 싶지 않았다. 수용소에 있을 때는 아는 사람이 늘 가까이에 있었다. 하지만 나는 수용소를 집으로 여기고 싶지 않았다. 천막 아래에서 자면서 사람들이 나눠 주는 식량을 얻어먹으며 살고 싶지는 않았다. 알리시아는 삶을 두려워하지만, 나는 더 나은 삶을 찾아 나서는 것이 두렵지 않았다.

나는 위필에서 빗을 꺼내 들고 알리시아 뒤에 조용히 앉았다. 그리고 부드럽게 알리시아의 길고 검은 머리를 빗어 내렸다.

"우리 이야기하자."

내가 낮은 소리로 말했다.

"네가 무서워하는 거 알아. 하지만 말을 하지 않는다고 해서, 전에 있었던 일에서 벗어날 수는 없어. 말을 하지 않으면 그 나쁜 기억이 네 안에 영원히 갇혀 있게 되는 거야."

알리시아는 자기 무릎을 내려다보며 손톱을 물어뜯었다.

"안 듣는 척한다고 해서 내가 하는 이야기를 피할 수는 없을 거야."

말을 하기가 힘들었다. 나도 무언가를 피하려고 애쓰는 것 같았다. 나는 알리시아의 머리를 계속 빗질했다.

"모르겠니? 말을 하지 않으면, 상처가 낫지 않아. 어떤 사람은 겁에 질리면 마구 달리지. 네가 말을 하지 않으면, 평생 달리기만 해야 해."

말을 하는 내 목소리가 떨렸다. 갑자기 내 말에 나 자신이 불편하고 거북해졌다.

알리시아는 나뭇가지를 올려다봤다. 알리시아가 천천히 일어서고, 내 손에 쥔 빗에서 알리시아의 머리카락이 빠져 나갔다. 알리시아는 팔을 뻗어 나무를 잡았다. 땅 밖으로 나온 뿌리를 딛고는 조그만 팔로 머리 위에 있는 나뭇가지를 잡았다.

"나무에 올라가지 마."

내 목소리가 다시 날카로워졌다.

"위험해."

그렇게 말하면서도 나는 내 말이 부끄러웠다. 노파심 많은 할머니 같은 소리를 한 것이다.

알리시아는 어스름 속에서 나를 돌아봤다. 원망스런 눈빛으로 왜 마치치나무에 올라가면 안 되느냐고 물었다.

알리시아를 보고 있는데 설명할 수 없는 감정이 몰려왔다. 나는 지평선에 마지막 남은 빛줄기로 고개를 돌렸다. 내 눈에 눈물이 고이는 걸 알리시아에게 보이고 싶지 않았다. 나도 무서웠다. 인정했던 것 이상으로 무서웠다. 알리시아에게 두려움에서 달아나면 안 된다고 말했지만, 오늘 나도 나 자신에게서 달아나고 있었다. 우리는 둘 다 과거에서 달아나려고 했던 것이다.

나는 천천히 일어나서 수용소를 돌아보았다. 어둠이 빠른 속도로 내려앉아 벌써 멀리에서 희미한 불꽃이 깜박거렸다. 그렇다. 나도 달아나고 있었던 것이다. 말을 하지 않는 방식이 아니라, 눈만 뜨면 하루 종일 무엇에 빠져들어 한시도 머릿속을 쉬지 않게 하는 방식으로 달아났던 것이다. 그리고 다른 사람과 너무 가까워지지 않으려 하고, 전에 있었던 일을 모조리 내 책임으로 돌리면서 도망쳤다. 무엇보다도 다시 나무소녀가 되지 않기로 함으로써 피하려 했다. 나무소녀가 되지 않기로 한 것이, 나 자신을 가장 크게 저버린 행동이었다.

나는 머뭇머뭇 알리시아가 나뭇가지를 보고 있는 데로 걸어갔다. 공포가 다시 몰려와 걸음이 떨어지지 않았다. 지금 내가 하려는 행동은 군인들의 총에 맞서는 것보다 더 큰 용기가 필요한 것이었다. 나는 알리시아 옆에 무릎을 꿇고 앉아 알리시아를 품으로 당겨 안았다.

"너도 나무소녀가 되고 싶니?"

내가 물었다. 알리시아는 나를 밀어 냈다. 어리둥절한 표정이었다.

"여기, 나무 위에 앉고 싶어?"

알리시아를 안아 올리며 물었다. 알리시아가 고개를 끄덕였다.

나는 조심스레 알리시아를 들어 올려 가장 낮은 나뭇가지 위에 앉혔다.

"우리 꼬마 나무소녀."

나는 땅에서 발을 떼지 않고, 알리시아를 팔로 붙들었다. 나는 낮은 목소리로 동생에게 말했다.

"나무에 오르면, 하늘에 더……."

나는 말을 맺지 못했다.

알리시아가 작은 손으로 내 손을 잡아당겼다. 숨이 턱 막혔다. 가슴이 두근두근 뛰었다. 거부한다면, 어떻게 다시 알리시아의 낯을 보고 나 스스로를 용서할 수 있겠는가? 내가 나무에 올라가지 않는다고 해도 그게 무슨 의미인지 아는 사람은 나밖에 없다. 나 자신을 저버린 행동이라는 걸 알 사람은 아무도 없다.

알리시아는 또 내 손을 잡아끌었다. 그 손짓 때문에 모든 게 달라졌다. 나는 눈에 띄지 않을 정도로 천천히 손을 뻗었다. 가슴이 쿵쾅거리고, 열병에라도 걸린 듯 온몸이 부들부들 떨렸다. 나는 가지를 잡았다. 땅에서 발을 떼고, 팔에 힘을 주어 알리시아 옆에 올라가

앉았다. 온갖 감정이 물밀듯이 밀려왔다. 눈물 속에서 엄마와 아빠, 내가 사랑했고 잃어버린 사람들 모두의 얼굴이 떠올랐다. 나는 나의 지난날을 위해, 우리 조상들의 지난날을 위해 울었다. 아주 짧은 순간 나는 앞날을 떠올릴 수 있었다. 그날 밤 내가 어떤 길을 택하느냐에 따라 달라질, 희망의 씨앗을 품은 앞날의 모습이었다.

알리시아가 순진무구한 눈으로 내가 흘리는 눈물을 봤다. 알리시아에게 소곤소곤 말했다.

"나무소녀는, 아주 특별해. 겁쟁이가 아니야. 자기가 어떻게 할 수 없는 일을 가지고 스스로를 나무라지 않아. 나무소녀는 높이 올라가면 떨어질 수 있다는 걸 알지. 그렇지만 올라가면 새들을 만날 수 있다는 것도 알아. 아주 강하기 때문에 삶에서 좋은 것을 누리기 위해서 나쁜 일을 겪어야 할지라도 그걸 피하지 않고 마주할 수 있어. 희망을 찾기 위해 어떤 고통에도 굳세게 맞서지. 삶에서 아름다운 것들을 찾기 위해 추한 것들을 만날 위험도 무릅쓰고. 나무소녀는 다른 사람들은 무서워서 감히 덤비지 못할 때에도 아름다움을 찾을 수 있어."

알리시아는 가지 위에 말없이 앉아 내 말에 귀를 기울였다.

"그래, 나무소녀는 아주 특별한 존재야. 그렇지만 무서운 것이 있다고 그걸 피해 달아나면 나무소녀가 될 수 없어. 너를 겁에 질리게 하는 것에 당당히 맞서야 나무소녀가 될 수 있어. 그러려면 먼저 말을 해야 해."

알리시아는 나를 빤히 바라보았다. 언니도 나무소녀냐고 묻는 듯한 눈빛이었다. 나는 알리시아의 질문을 무시하고 계속 말을 이었다. 전에 한 번도 입 밖에 내어 본 적이 없는 말이었다. 말을 계속하면서 나는 우리가 그날 밤 산미겔 수용소로 돌아가리라는 걸 알 수 있었다. 내가 학살에서 살아남은 건 내가 겁쟁이기 때문이 아니라 내가 강하기 때문에, 그래서 다른 사람들을 도와줄 수 있기 때문이다.

우리 부모님께, 부모님이 힘겹게 노동한 대가로 내가 받을 수 있었던 교육을 다른 사람들과 같이 나누겠다고 약속한 적이 있었다. 언젠가 내가 얻은 지식을 다른 키체 사람들과 나누겠다고 약속했다.

그 약속을 지키려면 수용소로 돌아가야 한다. 그렇다. 오늘 밤 여기에서 자는 게 아니라 수용소로 돌아갈 것이다. 그리고 언젠가는 과테말라로 돌아가, 어린 시절 그곳에 남겨 두고 온 아름다움을 다시 찾을 것이다. 그 아름다움은 이미 내 마음속에 깃들어 있는 아름다움과 같을 것이다. 언젠가 과테말라로 돌아가 마리오라는 이름의 특별한 선생님을 찾을 것이다. 그리고 돌아가서 학살에 대해 알릴 것이고, 돌아가서 우리 민족의 노래를 찾을 것이다. 우리 조상들이 남겨준 노래, 한밤 내 영혼이 고요하게 가라앉을 때 바람의 소리에 귀를 기울이면 들을 수 있는 그 노래를.

"나무소녀는 집에 돌아가려고 하는 사람이야."

나는 계속해서 속삭였다.

"수도꼭지에서 물이 흐르고 음식을 차게 하는 기계가 있는 머나먼 나라가 아니라, 우리가 사랑하는 집, 우리를 필요로 하는 집으로 가는 거야. 너도, 나도 나무소녀가 될 수 있어. 수용소에 돌아가면 다른 사람들을 도울 수 있는 방법이 있을 거야. 언제 어디에서도 사람들을 도울 수 있는 방법이 있어. 알리시아, 날 좀 도와주렴. 안토니오가 목숨을 바친 건, 네가 혼자서 그렇게 침묵을 지키라고 그런 건 아닐 거야. 마누엘 선생님이 죽은 것도, 내가 우리 민족을 저버리고 어딘가 살기 편한 곳으로 가라고 그런 건 아니겠지.”

알리시아는 긴 머리카락을 잡아당기며 꼬았다. 마음이 불안할 때 하는 버릇이다. 여전히 알리시아의 침묵이 사방을 짓눌렀다. 알리시아가 내 말을 다 알아듣지는 못했으리란 걸 알았다. 그렇지만 이 말은 알아들었을 것이다.

“알리시아, 마리아 아줌마, 카르멘 할머니, 밀라그로, 그리고 아이들이 있는 데로 돌아가자. 이제 그 사람들이 우리 가족이야. 그 사람들이 있는 곳이 우리 집이야. 여기가 우리가 속한 곳이야.”

나는 한참 동안 나뭇가지 위에 가만히 앉아 있었다. 내 머릿속으로, 마음속으로 그 결정을 받아들일 수 있을 때까지 기다렸다. 그리고는 깊은 숨을 들이쉬었다.

“그래, 여기가 우리 집이야.”

나는 나 자신에게, 알리시아에게, 그리고 따뜻한 어둠으로 우릴 감싸안은 밤하늘에 말했다.

내 동생은 고개를 끄덕였다. 그리고 자기도 숨을 깊이 들이쉬더니, 나무 위쪽을 올려다봤다.

“더 높이 올라가면 안 돼?”

알리시아가 물었다. 들릴락 말락, 갈라지는 듯한 목소리였다.

나는 숨이 턱 막혔다. 내 동생의 목소리에, 온 세상이 순간 정지한 것 같았다. 나는 나뭇가지 위에서 몸을 돌려 알리시아를 숨이 막힐 정도로 꼭 끌어안았다. 알리시아의 목소리 뒤에 이어진 평화로운 침묵 속에서, 나는 알리시아의 귀에 대고 속삭였다.
"그래, 더 높이 올라가자. 나무에 오르면, 하늘에 더 가까이 갈 수 있어."